戲非戲049

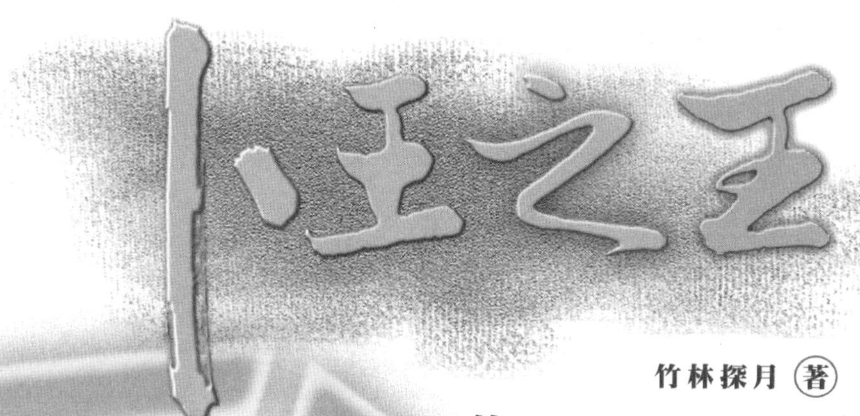

竹林探月 著

第三集 風起羅浮

高寶書版集團

戲非戲　DN049

卜王之王

第三集　風起羅浮

作　　者：竹林探月
總 編 輯：林秀禎
編　　輯：葉昌明
校　　對：葉昌明、吳怡銘
出 版 者：英屬維京群島商高寶國際有限公司台灣分公司
Global Group Holdings, Ltd.
地　　址：台北市內湖區洲子街88號3樓
網　　址：gobooks.com.tw
電　　話：(02) 27992788
E-mail：readers@gobooks.com.tw（讀者服務部）
pr@gobooks.com.tw（公關諮詢部）
電　　傳：出版部(02) 27990909　行銷部（02）27993088
郵政劃撥：19394552
戶　　名：英屬維京群島商高寶國際有限公司台灣分公司
發　　行：希代多媒體書版股份有限公司/Printed in Taiwan
初版日期：2009年2月

版權提供一中文在線　郜宇輝

國家圖書館出版品預行編目資料

卜王之王. 3, 風起羅浮 / 竹林探月著. -- 初版. -- 臺北市 :
高寶國際出版 : 希代多媒體發行, 2009.02
面 ; 公分. --（戲非戲 ; DN049）

ISBN 978-986-185-252-2（平裝）

857.83　　97021111

風起羅浮

·目　錄·

風起羅浮

·目　錄·

第一章　五行秘占

殭屍電影看多了，一見那毛茸茸乾巴巴的手，便禁不住會想起螢幕上蹦來跳去吃人喝血的「殭屍」。傳說中殭屍有紫殭、白殭、綠殭等數種，身披各色長毛，活像茹毛飲血的原始人，眼前這覆滿綠毛的手掌，就極容易喚起人們心裡那些關於殭屍電影的記憶。但如果你懂一些粗淺的風水知識，也就不會聞殭屍而色變，更不會因為這伸出棺外的手掌大驚小怪。

屍骨不腐，這一般都是墳墓周圍水土的作用。水土不適合蟲蟻生存，風乾的屍體自然能完整地留存下來。屍體長年處於陰暗潮濕的地下，體內豐富的水分和養分會供給菌類生長所需，於是菌類在體表大量繁殖，乍看就像身體表面覆了一層五顏六色的毛髮。發現這種異常現象的人駭然奔相走告以訛傳訛，於是就有了所謂的「殭屍」。

石棺中伸出的手掌固然嚇人，徐沫影見了也不過微微一愣，轉而長舒了一口氣，放下心來。幾個隨後跟進來的女孩看到之後，只有少見多怪的卓遠煙被嚇了一跳，她見眾人神色坦然才稍有緩和，但還是忍不住問道：「這手，是怎麼回事？」

「既不是妖魔，也不是鬼怪，放心吧！」徐沫影一面說著，一面走近了石棺，伸出雙手，用力把沉重的棺蓋向旁邊推開。卓遠煙聽他說沒事，便也走過來幫忙，但她仍然小心翼翼躲避著那只手掌，生怕那怪異的屍體會突然從棺中一躍而起掐住自己的咽喉。

兩人合力把棺蓋推下來，倚靠在棺材旁邊，這時柳微雲和藍靈已經走上前探頭觀看棺中的情形。沒有什麼出乎意料之處，棺材裡面躺著一具屍體，雖歷經千年，容貌卻少有變化，看衣著打扮也能肯定是先前看到幻象中的李淳風。他一手牢牢抓住棺沿一手緊緊捂住胸口，圓睜著雙目，半張著嘴，似乎在無聲地呼喊，顯然死前經歷過一番痛苦的掙扎。

藍靈見他死狀淒慘，轉過頭不敢看。柳微雲只是微微皺了皺眉，低下頭對屍體從頭到腳尋覓了一番，然後伸手入棺，在李淳風的身下取出一本線裝的古書，信手嘩啦啦地翻看了幾頁，凝霜般的臉上突然泛起了驚喜的神色。

一本線裝書能保存到現在，不能不說是一個奇蹟，就像李淳風的屍體能完好保存下來一樣，這很可能是李淳風對墓室中的空氣做了什麼手腳。棺中除了李淳風的屍體和那本書，便再沒有別的東西，眾人檢視一番之後，便都把目光聚焦在柳微雲手中那本書上。

「微雲，上面寫的什麼?」徐沫影問道。

柳微雲把書合上，伸手遞給徐沫影，臉上露出難得的微笑，說不出的迷人：「化氣之術，你看看!」

「化氣之術?」藍靈聽了不禁又驚又喜地叫道，「難道李淳風真的早就創立了化氣?這太好了!」

此時最驚喜的莫過於徐沫影。他一直期待著學習化氣之術改變命運，卻眼見屍靈子將《卜易天書》撕成碎片，心中絕望之際，沒想到李淳風的書中也有這門術法。他迅速拿過柳

微雲手裡的書，迫不及待地打開來看，藍靈和卓遠煙也好奇地湊過頭來。

唐朝的造紙術比不上現代發達，紙張還很粗糙。那本書頁數不多，但由於紙張厚所以書顯得厚實，發黃的頁面彰顯了悠悠歲月的千年洗禮。厚牛皮紙的封皮上，用毛筆工工整整寫著四個黑色的大字——五行秘占，除此之外再無別的字樣，連作者名字都沒有提及。掀開書頁，映入眼簾的是用蠅頭小楷書寫的密密麻麻的小字，大體將全書分為上中下三個部分。第一部分是「祈天」，第二部分是「封地」，第三部分是「馭魂」，這正是按照天地人三才的順序排列的綱要。光看這三部分的名字，倒也看不出與化氣有什麼關聯，但「化氣」只是屍靈子給予的稱呼，同樣的術法在李淳風眼中是另一個名目也不足為奇。

「這書裡的三部分，哪一部分是化氣？」知道時間不多，這不是看書的時候，徐沫影抬起頭向柳微雲問道。柳微雲是看過《卜易天書》的人，她多少會瞭解一點。

「三部分都是。」柳微雲眼中含笑，淡淡地答道。

「都是？」

「對！屍靈子認為化氣就是調配五行靈氣，籠統地歸為一類，而李淳風則按照功用把它拆分為一術三法，上調天時，下取地利，中通人和。」

「也就是說，這本書寫得更加詳細？」

「是的！」

「那太好了，太好了！」

拿到這本書就意味著打開了命運的大門，徐沫影抑制不住心中的喜悅，像個孩子似的喃喃不休。念叨了一會兒，他卻一伸手又把書遞給柳微雲，十分鄭重地說道：「發現這書的人是妳，對化氣瞭解最多的人也是妳，微雲，我看還是妳先拿著吧！」

柳微雲看了看那本書，又看了看徐沫影滿懷真誠的眼睛，輕輕地擺了擺手，說道：「這書我不能要，雖然李淳風沒留下任何遺言，但從他設置的機關來看，你才是他選定的繼承人，這書理當歸你所有。」

藍靈也附和柳微雲說道：「對，這書還是沫影拿了比較好。如果沒有沫影，我們誰都進不來這裡，更別提拿到書了，可見李淳風有意把書留給沫影。如果別人拿了，恐怕他泉下有知還死不瞑目呢！」

藍靈說這些話，唯恐別人起意把書從徐沫影手中搶了去，徐沫影自然聽得出來。他覺得，書是四個人合力才拿到的，斷然沒有他一個人獨吞的道理，不過眼下又不是禮讓的時候，首先應該抓緊時間尋找出路才對。如果四個人都困死在墓裡，就算得到武俠小說中最高深的秘笈又有什麼用？想到這，他把書收起來說道：「先找出口吧，想辦法離開這鬼地方再說。」

「就是嘛，我們別一個勁兒在這耗著了，找出路要緊。」卓遠煙說道，「我看這間墓室，很難會有什麼出口。」

「我看也是。」徐沫影點了點頭，「這間墓室是李淳風用來放屍體用的，他該不會把出

口開在這裡，如果出口在這，盜墓者一進來就直接把書拿走了。他不會做那種傻事。」

雖然很同意徐沫影的推論，但四個人還是認認真真地在墓室中搜索了一番。四壁、地板以及石棺內外都找尋了一遍，果然一無所獲，不得不宣告放棄。

四個人聚在墓室中央，平靜了一下思緒仔細回想，確定他們已經找遍了所有能找的地方，再沒有任何疏漏。起碼，從第四間墓室以後都是光禿禿一片，已經沒有任何角落可能藏有機關。四人的心從得到《五行秘占》的狂喜中一下子跌進了冰窟。

一番冥思苦想之後，藍靈似乎記起了什麼，猛地抬起頭問道：「喵喵，喵喵還沒有找到呢?是不是說明還有另外的墓室?」

徐沫影嘆了口氣：「如果有另外的墓室，那一定就會有另外的機關，但我們現在什麼都找不到。至於喵喵那小東西，牠更沒可能破除機關來到這裡。」

「那，那牠能去哪裡?」

「不知道。也許，真的已經出去了吧!」徐沫影緊皺著眉頭說道，「那小東西找不到也就算了，但是，我不能讓妳們三個陪我一起死在這裡。」

墓室中一陣沉默。

半晌之後，藍靈忽然小聲說道：「能陪你死在這兒，我很高興。」

徐沫影瞧了她一眼，看見她明亮的眼睛柔情款款地望著自己，心裡禁不住百感交集。

他伸出雙手在腦袋兩側揉了兩下，來回踱了幾步，說道：「別這樣想，我們不會死的。一定還有出路！再找找，再找找！」說完，他轉身對大家說道，「我們返回前面的墓室，再找一遍！」

這時候，一旁凝神沉思的柳微雲卻突然開口說道：「別找了，沒用的。」

話音落地，三個人齊刷刷地向她投去質疑的目光。

「你們應該也想到了，這墓並沒有完成。李淳風可能沒料到自己死得這麼早，因此墓室只設置了一半都不到，很多本來想告訴我們的東西沒能刻下來，想留給我們的出口也沒來得及打通。」

柳微雲剛剛說完，卓遠煙便反駁道：「這怎麼可能？李淳風不是會算的嗎？他應該會算到自己什麼時候會死，也能算到墓地什麼時候能完工。」

「妳不學占卜，因此不瞭解，功力再高的大師都會有出錯的時候。」

藍靈眼睛一亮，突然開口說道：「可是這次，絕不是因為出錯！」

她的語氣出乎意料地肯定。說完之後，或許意識到自己不該說，她緩緩地低下了頭。

徐沫影轉身看了看她，詫異地問道：「為什麼這麼說？妳是不是從幻象的眼睛裡還讀到了別的東西？」

又是一陣沉默。三個人的眼光不約而同聚焦在藍靈的臉上，藍靈抬起頭看了看大家，默默地點了點頭，粉嫩的雙唇微微嚅動了兩下，剛要說些什麼，墓室中卻響起一聲急促的鳥鳴。

室內的光線驟然又黯淡了許多，現在，那只麻雀大小的火靈鳥就像一盞飛在空中的煤油燈，光芒微弱，左搖右晃，好像隨時都會跌落下來熄滅。

「朱朱只能再支持五分鐘了。」柳微雲淡定的聲音裡也不禁有了幾分焦灼。

還有五分鐘。如果五分鐘內找不到出口，他們四個人就將陷入永遠的黑暗，一直到死。

每個人的臉上都或多或少地泛起恐慌的神色，儘管藍靈做好了陪徐沫影死在這裡的心理準備，但面對即將到來的黑暗與死亡，難免還是害怕。但是想要出去，五分鐘內從毫無頭緒到打開一扇生存之門，又談何容易？何況正如柳微雲所說，這道門很可能並不存在，別說五分鐘，就是五百分鐘也很難逃出去。

這個緊急的時刻，徐沫影卻變得異乎尋常的冷靜。他當機立斷地說道：「大家都別找什麼出口了，趕在朱朱光芒熄滅之前都回到第一間墓室去！快走！」

女孩們都明白這是什麼意思。這個時候，已經沒有人再抱有找到出口的希望了，唯一逃生的可能性便維繫在了那個樹洞上面。如果火靈鳥能量耗盡，在伸手不見五指的黑暗裡，通道中的陷阱便斷絕了他們回去的道路。現在，他們只能趁著僅剩的光明跑回第一間墓室，然後再想別的辦法。

女孩們點頭會意，轉身便往門外跑。徐沫影也跟著跑了幾步，但當他一腳跨出門外的時候，回頭瞧了一眼李淳風的石棺，腳步突然停下來。

藍靈最惦記徐沫影的安危，一見他停下腳步便也停下來問道：「怎麼了？」

「不行，我們應該把李淳風的石棺蓋上！」徐沫影斬釘截鐵地說道。

「都什麼時候了，還管這些無關緊要的事情！」藍靈伸手拉住他的胳臂，「快走吧！」

「李淳風是我們的前輩，我們又拿了他的書，好歹也算是他的傳人，連拜都沒拜他一下，不能就這麼走！」徐沫影掙開了藍靈的雙手，轉身重新衝進了墓室去搬那石棺的棺蓋，「大家相信我，只需要兩分鐘，剩下三分鐘完全足夠我們衝到第一間墓室！」

「好，我來幫忙！」卓遠煙聽到徐沫影的話，反身一個箭步也躥回墓室，奔過去幫徐沫影抬起棺蓋。

不知為何，此刻柳微雲的眼睛裡已褪盡了慌亂的眼神。她轉頭望著徐沫影，一句話也沒有說，只是把火靈鳥召喚回來，指揮牠飛到徐沫影的頭上照亮。

藍靈知道勸不住徐沫影，只好任他做這件在她看來無關緊要的事情。誰讓自己深愛著這個男人呢?就算他在這裡等死，自己也會心甘情願地陪著他。

那棺蓋畢竟是石頭做的，非常沉重。徐沫影和卓遠煙拼盡全力才勉強把棺蓋抬到石棺上沿，然後兩人一點一點挪動棺蓋，使棺蓋密不透風地扣在石棺上。至於那只探出棺外的手掌，早就被徐沫影牽著放回棺材裡面去了。

蓋好棺材之後，徐沫影抹了一把額上的汗水，向大家揮了揮手，說道：「好了，大家快走！」

這個時候，異變突起。墓室上方突然傳來一陣石頭翻轉摩擦的聲音，聲音不大，但在寂

靜中聽來格外清晰。四個人不約而同地想到了兩個字：出口！但當帶著驚喜的神色向頭上望去時，卻發現從上面飄飄揚揚地落下來一本書。

沒錯，是一本書，一本跟剛才拿到的《五行秘占》一樣的古書。

那書「嘩啦啦」地落下來，「啪」的一聲落在地上，聲音便戛然而止。顯然是李淳風在墓室頂上做了一個匣子，匣子裡放著這本書。

每個人的臉上都禁不住寫上了幾分失望。徐沫影彎下腰，從地上撿起那本書，也不看是什麼書便塞進懷裡，一手拉了藍靈一手拉了卓遠煙就往外跑，一面跑一面叫道：「還差不到三分鐘！大家快跑！」

火靈鳥奮力拍打著翅膀引路，四個人手拉著手沿著來時的路往回一路狂奔，從第九間到第八間，第八間到第七間，拐一個彎又到第六間第五間和第四間。手錶上的秒針在殘酷地前進，不曾做絲毫的停留，一點一點將希望與絕望的距離拉近。

終於，四個人進入了第三間墓室。如果不是火靈鳥放出的光線過於微弱，恐怕在通過進入第二間墓室的通道之前，石壁上的機關就會將火靈鳥毀掉，但是現在，火靈鳥根本照不到它。四人小心翼翼地踩著紅色的格子跳進了第二間墓室。

這個時候，徐沫影看了看腕上的表，只剩下最後的三秒。

三秒，還有一個佈滿陷阱的通道，而且拜卓遠煙的魯莽所賜，最後一個通道已經成了兩公尺深的坑道。怎麼通過？

徐沫影額上的冷汗刷地流了下來。

來不及多想，他放開手，邁開大步拼盡全力跑到坑道面前，借著最後那點昏暗的光亮向著坑道中望了一眼。

然而他的目光還未從坑道這頭掃到另一頭，僅剩的三秒終於被死神剝奪乾淨，火靈鳥掙扎著從空中跌落在地上，光芒散盡。隨著一聲驚叫，黑暗無情地吞沒了四個年輕的身體。

「別慌！我們能過去！」

這是黑暗降臨後的第一個聲音。徐沫影趕在女孩們發出慌亂的叫聲之前給大家打了一針鎮定劑。

「朱朱，你在哪兒？」

這是柳微雲輕柔的呼喚聲。

「牠在我懷裡，沒事。」徐沫影長舒了一口氣，說道，「聽著，你們三個拉著手，循著聲音走到我這邊來，慢一點，不要慌。」

說完這句話之後不久，徐沫影的右手便觸到了一個冰涼的指尖，憑觸感判斷，他知道這是柳微雲。他伸手一把把她的手握住，那隻手也反過來握緊了他的手。他感覺到她的手在微微顫抖，不禁在心裡嘆了口氣。這是一個多麼堅強的女孩子，落在這絕望恐怖的黑暗中卻也不免惶恐。越是在這種時候，他越是需要冷靜。

「冷靜！這三個女孩的命就全靠我了！」他默默地在心裡對自己說著，一遍又一遍，感覺到周圍女孩們沉重卻帶有馨香的呼吸之後，他大聲地說道：「一個牽著一個的手，都牽好！我在前面走一個格子，後面的人就跟上來，一個格子裡面可以站兩個人。我走第二個格子的時候，第二個人先不要動，等第三個人踏進你的格子，再往前邁步。依此類推，每個人都把道路指給自己後面的人。就這樣，我們一個一個地邁過去。」

女孩們都很聰明，並不用徐沫影再解釋第二遍，紛紛點頭答應。

徐沫影深吸了一口氣，轉過身，憑藉最後那一眼的記憶，縱身跳下坑道，踏入了第一個格子。站穩之後，他拉了拉柳微雲的手，柳微雲便跟著從上面跳下來。由於周圍什麼都看不見，柳微雲只是根據他牽引的方向往下跳，一下子便帶著一股淡淡的幽香撲到了徐沫影的身上。柳微雲身子雖輕，但還是差點把徐沫影壓倒在地。他知道，如果自己一倒這坑道就不是兩米而是三公尺四公尺深了，四個人恐怕再也爬不上去。但是無奈的是，周圍並沒有借力的地方，他身子晃了兩晃，便不由自主地往後倒下去。

正在這千鈞一髮之際，他忽然感覺到自己的身子被柳微雲攔腰抱住。他借助這股力量緩了一緩，這才勉力站穩。女孩發覺他站穩之後，那雙柔嫩的手臂便迅速從他腰間撤離，但兩個人站在同一個格子裡，身體幾乎緊貼著身體，他感覺女孩纖細的髮梢劃過自己的臉頰。

當然，這可不是胡思亂想的時候。他的腦子冷靜得像冬天的湖水，若非如此，他也記不住那些橫七豎八的格子。他轉過身，估計了一下方向，邁出了第二步。站穩之後他回頭說道：「好了，下一個跳下來吧，注意別跳到別人身上。」

「嗯！」黑暗中傳來一聲輕輕的應答，聽聲音是藍靈。隨後他聽到「　」的一聲，知道藍靈已經安全跳了下來。緊接著，柳微雲身上那股獨特的幽香再一次飄到了他的鼻子底下。

就這樣，徐沫影在前面帶路，四個人手拉著手一點點前進，好在他記性不差，危機時刻把自己看到的都印在了腦子裡。但是沒多久，徐沫影就快走到了通道的最後。而這最後的一格，恰好是他未曾觀察到的唯一的一格。

算，在這古墓裡是算不出的；跳，如果是平地還可以，這兩公尺深的坑道肯定跳不上去；現在就剩下最後一個步路：賭！

徐沫影深吸了一口氣，他憎恨黑暗。

第二章 黑暗妖靈

徐沫影閉上眼睛，絞盡腦汁回憶起當初走過這條坑道的情景。其實，閉上眼睛也是黑暗，不閉眼睛也是黑暗。只是他習慣於這種冥思苦想的方式罷了。

由於是第一個跨過的通道，因此他對這陷阱還算有點印象，回憶了一會兒之後，便大略記起了一個大致的方向，至於精確的定位，那只能留給老天去裁決。他緩緩地抬起右腳，猶豫了一下。柳微雲就在自己身邊站著，身子幾乎緊緊地跟自己貼在一起，他卻彷彿毫無知覺。黑暗中，藍靈的聲音在身後傳過來：「沫影，怎麼不走了？是不是不記得了？」

「記得，放心吧！」徐沫影口是心非地拍了拍胸脯。他現在是女孩們的唯一依靠，不想給她們帶來絲毫的慌亂。但拍過胸脯之後，心裡反而更加惴惴不安，倘若自己一腳踏錯，三公尺高的石壁或許他們還能爬上去，但萬一女孩們驚慌失措再一腳邁錯，石壁再加深一公尺就能把他們活活困死。

他正舉棋不定，卻聽柳微雲在耳邊用極輕微的聲音說道：「兩點鐘方向。」徐沫影一怔，隨即按照她指示的方向重新估摸了一下落腳點，狠了狠心，一腳踩了上去。他知道柳微雲沒有把握的事情，不會輕易說出口。

果然，落腳平穩，沒有任何別的響動。徐沫影心中暗喜，長長地舒了一口氣，轉過身來

說道：「大家各自再往前邁一步！」

暗香撲面，柳微雲邁步到他腳邊，之後便非常自覺地鬆開了那隻冰冷的手。徐沫影雙手解脫，伸臂向上扒住石壁的上沿，兩腳用力一蹬，兩手用力一拽，便跳出坑道，踏上了第一間墓室的地面。他馬上回過頭，俯身向下伸出手臂，對下面的女孩們說道：「好了，現在我一個一個拉妳們上來，抓住我的手！」

先是柳微雲，再是藍靈，最後是卓遠煙，三個女孩一個一個拽著徐沫影的胳臂從下面爬上來，大家總算安全地抵達了第一間墓室。從爬上千年銀杏樹，到現在又回到這間墓室，也不知道過了多長時間。四個人都是又累又餓，疲倦地倚靠在石壁上。喘息稍定之後，更大的難題便接踵而至。

卓遠煙突然問道：「我們現在倒是回到第一間墓室了，可是下一步該怎麼辦？」

眾人一時無語。過了一會兒，便聽到藍靈十分輕鬆地笑道：「我有個主意，在樹洞下面種個蘑菇，我們四個就坐在蘑菇頂上，等哪一年蘑菇長高了，那我們就被它頂上去了。」

藍靈擺明瞭是在說笑話，在深陷絕境的情況下還能談笑風生，卓遠煙不由得對藍靈生了幾分敬佩。只有徐沫影心裡最清楚，藍靈一定是想到有他陪在她身邊，生死都會在一起，因此也就沒了懼意。

他這樣想著，藍靈那隻溫暖滑膩的小手就伸過來握住了他的手，緊跟著，她嬌軟的身子就像隻溫馴的小貓鑽進了他的懷抱。

「嗯，這個主意不錯，」卓遠煙見藍靈如此坦然，也不甘示弱地顯示一下自己的樂觀精神，說道：「可是，等哪年蘑菇能伸出樹洞去了，恐怕頂上去的就不是四個人而是四具白骨了！」

剛剛說完，她便聽到了身旁細微的響動，似乎是衣服的摩擦聲，她恍然明白了是怎麼回事，緊跟著十分不屑地說道：「不過，某兩個人倒是無所謂啦，縱然是屍骨爛了，也能千萬年地糾纏在一起！」

「遠煙妳別這麼說，大家都能出去的，誰也不會死在這兒！」徐沫影聽出了卓遠煙的情緒，不免有些尷尬，有心推開藍靈，卻怕傷害了她，畢竟身陷絕境，她的勇氣全都來源於自己。

千萬年地糾纏在一起。這句話對藍靈來說十分受用，她恍惚覺得，這就是自己愛情的最好歸宿。她把頭緊緊貼在徐沫影的胸前，感受著他有力的心跳，溫柔地撫摸著他的後背，不發一語。到了現在，也沒什麼好爭的了。

黑暗中，卓遠煙沒有答話，不知道是在想逃生的方法，還是想些別的什麼，過了一會兒，才幽幽地說道：「不用安慰我啦，我知道，到了現在，也沒什麼好辦法可想。其實能跟你們來長松山玩這一趟，我已經知足了。你們幾個，是我認識的最有本事的朋友，能和你們死在一塊兒也滿不錯！」

停了一下，她又說道：「藍靈，我真的挺佩服妳，甚至有點羨慕妳。還記得在機場我跟妳說的話嗎？我說要跟妳爭沫影，其實那是假的，我們之間只是普通朋友，沒有別的感情。我就是一時氣不過妳，才故意那樣說的。」

「我知道。」藍靈的聲音很輕，卻顯得十分平和，「別忘了，我會讀心術。」

「哈，那妳讀沒讀到過，沫影喜歡誰？」

卓遠煙無心的一句話，卻觸及了藍靈的傷處。她不答話，只是摟住徐沫影的手臂更加用力，或許這種方式會讓她贏得些許的安心。

見藍靈不說話，卓遠煙便知道徐沫影十有八九喜歡的不是她，至少不是最喜歡她。卓遠煙不知道柯少雪和徐沫影認識，自然而然地想到了柳微雲，突然便口無遮攔地說道：「不會是真的喜歡微雲吧？」

徐沫影正在拚命思考逃生的辦法，本來不想理睬兩個人的對話，但他明顯地感覺到自己懷裡的身體劇烈地顫抖了一下。他趕緊伸出雙手把藍靈抱緊，斥責卓遠煙說道：「遠煙不要亂說。」

「哼，都到這個時候了，喜歡誰就說出來唄，幹嗎要悶在心裡？」卓遠煙倔強的脾氣上來，反而非說不可，「我很想知道，微雲和藍靈之間，你到底喜歡哪個？男人嘛，為什麼不能坦誠一點，臨死之前也對自己的感情負一點責任。」

這句話在徐沫影聽來，便是責怪他對感情不負責任。其實卓遠煙的本意只是想讓他大膽地說出來到底喜歡哪個而已。愛了，說了，這才算負責任。偏偏徐沫影在心底一直認為自己對感情很不負責任，這話一下子便命中了他的心事。但是，在這種情況下，他該怎麼回答？喜歡哪個？藍靈，還是柳微雲？都喜歡，還是都不喜歡？藍靈喜歡自己，白癡都能瞧得出來，隱隱約約地，他感覺柳微雲也喜歡自己。那他喜不喜歡柳微雲呢？他說不上來，沒想過，或者說不敢想。

閉上眼睛，淺月笑語嫣然地出現在眼前，柯少雪嬌嬌怯怯的身影也從面前閃過。喜歡誰，這的確是個難題，他不知道怎麼回答。

徐沫影正猶豫，卻聽到一個冰冷的聲音說道：「別問了，沒什麼意義，我不喜歡他。」是柳微雲的聲音。她口中的他，自然指的是徐沫影。

話說得很清楚，柳微雲不喜歡他。這樣徐沫影便不用在那個難題上面耗費腦筋了，他長舒了一口氣，卻隱約有幾分失落。藍靈則是說不出的高興。

「哦！」卓遠煙顯然有些吃驚，「我還以為妳喜歡沫影呢！妳們兩個都那麼聰明，性格也接近，我原以為挺相配的。」

藍靈禁不住沒好氣地問道：「那妳是覺得我們倆不相配嗎？」

「都別說了！」徐沫影知道，這樣下去只會引起更多無意義的爭論，於是打斷了她們的對話，向卓遠煙問道：「遠煙，妳的劍呢？拿給我看看！」

「好！」卓遠煙清脆地應了一聲，伸手把寶劍從背後拔出來，剛要循著聲音摸過去遞給徐沫影，卻聽到墓室的另一側響起一陣窸窸窣窣的聲音，緊跟著，一聲「唧唧」的叫聲傳入

耳朵，接著是另一個陌生的叫聲，「呱呱，呱呱」！

四個人都聽到了。藍靈不禁驚喜地大聲問道：「喵喵？」

每個人都屏住了呼吸。黑暗中，一陣「唧唧唧」的叫聲又傳過來，彷彿在回答藍靈的問話。

「真的是喵喵！」

「真的是喵喵？」

藍靈喜出望外，鬆開抱住徐沫影的手臂，摸著石壁往聲音傳來的方向走去，但是剛剛邁出一步，她便感覺一陣勁猛的狂風撲面而至。

勁風襲面，眼睛看不見，卻能明顯地感覺到，有什麼東西正迎面撲來。

藍靈不禁一愣，隨之便感覺有人緊緊抓住了自己的胳臂，往後猛地一帶，身子不由自主往後退了半步。黑暗中「哧拉」一聲衣衫撕裂的聲音，她感覺肩頭一涼，有什麼東西從肩頭上急速掠過。她伸手摸了摸肩，發現自己的襯衫被撕下去一片，手指正觸到裸露的肌膚。旁邊是卓遠煙的驚叫，身後是徐沫影的喊聲：「快回來，危險！」她知道抓住自己的那隻手是徐沫影的，在關鍵時刻他救了自己一命。她心驚膽戰，轉回身，一頭鑽進徐沫影的懷裡。

「大家靠牆站著，都別說話！」卓遠煙大叫了一聲，橫劍攔在胸前。以她的劍術，不管對方是人還是怪物都沒什麼好怕，只是現在，眼前漆黑一片，根本瞧不見東西，敵人是什麼在什麼地方完全一無所知，舞劍時又怕誤傷了同伴，因此暫時只能防禦。

四個人連大氣都不敢出，仔細聆聽著墓室中的動靜。黑暗中又是一陣「喞喞」的叫聲，這叫聲距眾人不過五、六步遠，聽聲音的確就是喵喵，只是牠叫得急促而且怪異。接著，一陣雜亂的聲響從地面上傳來，好像有什麼東西在那裡翻滾打鬥。眾人都猜測有可能是喵喵在跟敵人戰鬥，但由於什麼都瞧不見，白白擔心牠的安危卻沒人能上前幫忙。

卓遠煙咬了咬牙，橫劍在前，一步一步躡手躡腳向聲音的來源走去。剛剛走了兩步，便感覺到一陣徹骨的寒意襲體而至，她禁不住打了一個哆嗦。這是盛夏，地下雖然不比地面上酷熱但溫度也不低，怎麼會有這樣冰冷的氣息？

她心裡正在納悶，兩耳中竟忽然鑽進一陣詭異的叫聲。

這不像動物發出的聲音，倒像是撕裂天空的雷電。它像一萬根鋼針電射一般穿透耳膜刺入腦髓，讓她的大腦因疼痛而變得混亂。那強烈的刺激足以讓她忘記任何動作，足以讓她抹除所有記憶，足以讓她全身上下的神經麻木痙攣。那一刻，她的大腦就像癱瘓了一樣，找不到方向，丟棄了感覺，每一個細胞都像丟盔卸甲的士兵如潮水般敗退。

她雙膝一軟，禁不住跪倒在地上，但殘存的一點保命的本能讓她握緊了那把劍，拚命向前刺出最後的一擊。她不知道什麼東西撲向了自己，更不知道自己擊中了什麼，因為在寶劍刺出一半的時候，她就失去了知覺。

無邊無際的黑暗裡，有什麼東西在眾人身邊跳來跳去，不斷發出「喞喞」的叫聲，有時哀傷，有時歡快，有時像悲哭，有時像呼喚。

當卓遠煙醒來的時候，感覺一條濕滑的舌頭在舔著自己的臉。她一個激靈爬起來，握住寶劍的手輕輕一動，才覺得那劍似乎插在了什麼東西上面。她一愣神，耳邊響起那熟悉的討好似的「喞喞」聲。

是喵喵。她長舒了一口氣，放下心來。她沒死，喵喵也沒死，那麼戰鬥的結果顯而易見，敵人死了。她蹲下身子，順著劍身的方向摸過去，摸到一個毛茸茸黏糊糊的身體，還有些熱氣。她嚇了一跳，起身拔劍，往後退了兩步，轉身輕聲地呼喚道：「沫影，沫影——藍靈——微雲——。」

黑暗的墓室裡只有一陣「喞喞」的叫聲對她做出了回答。

他們人呢？走了，還是也像自己剛才一樣，昏過去了？卓遠煙心底升上一絲絲的恐懼。四個人在一起的時候，她看到大家的臉，聽到大家的聲音，就給自己壯了膽氣，哪怕在這漆黑的墓室面對死亡也不怎麼覺得害怕。可現在，朋友們生死未卜，她看不到他們，也聽不到他們說話，突然便感覺到陣陣發自內心的恐慌。

「喞喞，喞喞！」

「喵喵？」她單手提著寶劍，向著這唯一的聲音走過去。幾步之後，她發現自己踩到了一個軟軟的東西。她愣了一下，撤腳停步，俯身伸手去摸，便摸到一個熱呼呼的身子。雖然看不見，但她知道這是徐沫影，因為她摸到了不該摸的地方。驚喜之下，她扔下寶劍，兩手抓住他的身子邊晃邊叫：「沫影，醒醒！沫影，快醒醒！」

叫了好半天，就在卓遠煙急得直掉眼淚的時候，徐沫影悠悠地醒轉了過來。他聽到卓遠煙的呼喚聲，一個翻身從地上坐起來，急切地問道：「藍靈和微雲呢，她們傷到沒有？剛才那聲音怎麼回事？」

卓遠煙答道：「我沒找到她們。藍靈不是跟你在一起嗎？」

徐沫影伸手在身側一摸，果然摸到了藍靈軟綿綿的身子。他雙手抱住她的頭輕輕搖了幾下，她便從昏迷的夢境中醒過來，張口便關切地問道：「沫影，你傷到沒有？」

「沒事，我什麼事都沒有。」

徐沫影扶著藍靈站起來，轉身向黑暗的深處呼喚道：「微雲！微雲呢？妳在哪？」

話音剛落，角落裡便傳來柳微雲的聲音，跟平常一樣淡然：「我沒事，剛剛醒過來。」

見四個人都沒受到什麼傷害，徐沫影這才放下心。他剛想問卓遠煙這是怎麼回事，腳下卻響起「唧唧」的叫聲，有什麼東西在叼弄自己的褲腿。「喵喵？」他心中一喜，俯身把小東西從地上抱起來，小東西一個縱躍脫離他的懷抱躥上了他的肩頭。

「那奇怪的聲音是怎麼回事？」

「不知道，我聽到聲音之後就昏過去了。」

「我也是。」

四人詰問一番，誰也不知道到底發生了什麼。卓遠煙從地上提起那只毛茸茸的動物屍體，說道：「我醒來的時候，劍尖上挑著一個小動物的屍體，我懷疑就是這個東西發出的聲音。」

「我摸摸，看到底是什麼古怪的東西？」徐沫影走近了卓遠煙，伸手從頭到腳摸了幾個來回，最後也沒摸出那是個什麼動物。腦袋不大，嘴巴尖尖的，耳朵長長的，腿很短，但爪子非常鋒利，簡直就是四柄鋼刀。徐沫影第一次摸過去的時候，差點被它割破了手指。他靈機一動，突然說道，「遠煙，你用劍把這東西的爪子砍下一個來。」

「砍爪子？有什麼用？」

「這爪子能當匕首用，我們可以一面往上爬一面在樹洞壁上挖坑落腳。」

「哈，好主意！」彷彿見到了曙光。卓遠煙不禁拍手稱好，但她在附近轉了幾個來回之後，十分驚訝地說道，「壞了，我的劍找不到了！我明明記得扔在這附近地上的，有沒有誰拿過？」

三人一致都說沒有動過。徐沫影問道：「你是不是背在背上，自己忘記了？」

卓遠煙聽罷伸手一摸背後，卻沒有劍柄，只有劍鞘。她搖了搖頭說道：「沒有。」

難道，這黑暗的墓室裡還有別人？倘若真的還有第五個人，他不說話，靜靜地伏在一邊，恐怕眾人也很難發現。

現在四個人手裡都沒有武器，那人搶了寶劍去，只要有把子力氣，在黑暗中隨意揮舞幾下，四個人多半就會身首異處。何況這人行動還鬼鬼祟祟，竟然讓眾人毫無知覺。剛輕鬆一點的心，想到這裡便都又緊張了起來。

「別自己嚇唬自己。喵喵能在夜裡看見東西，牠既然安安靜靜的，那一定不會有別人。可能是妳慌亂中記錯了放劍的地方。」徐沫影安慰大家說道。

「嗯，我想也是。」卓遠煙想了想，說道，「沒劍也沒關係，我們照樣能把爪子弄下來。」

她剛剛說完，眾人便聽到一聲清脆的骨骼斷裂的聲音，顯然是卓遠煙生生把爪子折了下來。

藍靈笑道：「暴力女，妳這副樣子還一心想皈依佛門嗎？」

「在我心裡，有三件最重要的事情。第一是老爸老媽身體健康，第二是我開心地活著，第三才能輪到釋迦牟尼。誰讓我塵緣未了呢？哈哈！」說著，卓遠煙摸著石壁一步一步走向墓室的另一側，也就是出口的方向。

徐沫影三個人在後面跟著。喵喵那小東西從徐沫影的肩上跳到了藍靈的肩上，藍靈樂得把牠抱在懷裡，輕輕地撫摸著牠光滑的皮毛。柳微雲一直一言不發，連腳步都輕盈得無聲無息。

「工具不好用，樹又堅硬，恐怕不好掏洞呢！也不知道什麼時候能上去。」卓遠煙走到洞口下面，估計好了位置，把那只鋒利的爪子叼在嘴裡，兩手各抓住一根樹根，像猴子一樣往上攀緣，攀了幾步之後，似乎發現了什麼，禁不住驚訝地叫了一聲：「咦！」

第三章　從地獄歸來

徐沫影腳下踩著濕軟的爛泥，仰起臉關心地問道：「妳怎麼了，遠煙？碰到什麼東西了嗎？」

「哈哈，大家一起歡呼慶祝吧！」黑暗中，卓遠煙爽朗的笑聲傳下來，「我摸到兩根很粗的樹藤，好像是從上面放下來的，這下子我們很快就能出去了！」

「樹藤？」徐沫影一聽，立刻想到了不告而別的碧凝。樹藤能從上面垂下來，一定是有人特意救他們出去，而知道他們是來尋找李淳風墓並能夠使用樹藤救人的，也只有碧凝一個人了。難道是碧凝在上面？

「對啊，是樹藤！」卓遠煙笑道，「不信的話，你可以摸一下，在下面也能摸到，還帶著鮮綠的葉子！」

「會不會是碧凝？」藍靈輕輕地向徐沫影問道，她也猜到了那個「花仙子」似的女孩。

「不管是誰，總之是有人發現我們進來了。」徐沫影低聲對藍靈和柳微雲說完話後，又仰起頭，抬高了聲音對上面說道，「遠煙妳趕快爬上去看看，沒有問題的話就多晃幾下樹藤，一定要小心謹慎，儘量不要被人發現了！」

「OK！包在我身上。」

抓住樹藤，就代表了牢牢抓住了希望，卓遠煙雖然又餓又乏，但一想到馬上就能出去，渾身又充滿了拼勁。她攀住兩根樹藤飛身而上，很快就攀到了樹洞的盡頭，她稍作喘息，在狹窄的通道中仰起臉向上望了一眼，久違的點點星光照進了眼睛。曾經有幾次以為會葬身在墓穴裡，現在終於要出去了，她心裡有說不出的興奮，咬了咬牙，兩手用力，幾步之後就躥出樹洞，坐在了樹枝上。

周圍是深沉的夜，雨已經停了，星光透過枝葉的縫隙撒在她清純而堅毅的臉上，她貪婪地呼吸了幾口新鮮空氣，享受著從地獄回到人間的幸福感覺。倘若不是害怕被人察覺，她一定會快樂地大喊幾聲。

樹上沒有別人，她借著星光能看到，樹藤是纏繞在樹枝上面的，絕對是有人故意做的。她向四周看了看，低低地呼喚了兩聲：「碧凝！碧凝！」等了等，沒有回答。她拉動樹藤，猛烈地搖晃了十幾下，這才倚在樹枝上，一面休息一面等待著徐沫影三人爬上來。

沒多久，徐沫影也從下面攀了上來。二十多公尺的攀緣讓他疲倦的身體有些吃不消，更不用提下面的兩個女孩了。他們只能再採用上樹時的辦法，合力把兩個美女從下面拉上來。

近一個小時的忙碌之後，四個人終於都坐在了樹杈上。

從地獄轉了一遭，他們又回到了這個世界。星光璀璨，空氣清新，夜風陣陣從林中吹過，枝葉顫動發出嘩啦啦的響聲，這個世界如此美麗而親切。

徐沫影擦了一把額上的汗水，看了眾人一眼，輕輕說道：「我們這次欠碧凝一個人情，不，不只是人情，是四條命。這樹洞窄得只能容身，滑得能連壁虎都可能爬不上來，硬得跟石頭一樣，光憑雙手十個手指頭想爬上來可不容易。要不是這個樹藤，我們的命運就真的很難說了！」

「就是嘛！」卓遠煙連連點頭說道，「虧你們幾個還懷疑人家有問題，我看就是有疑心病。」

「也許是吧！」藍靈瞟了柳微雲一眼。

柳微雲背對著三人，低頭望著樹下，不發一語，她手裡捧著那隻倦極的火靈鳥，不知道在想些什麼。

「碧凝的事情先不要提了，以後回北京有機會再去當面向她道謝。」徐沫影說道，「我們先商量一下去羅浮山參加萬易節的事吧！妳們幾個，誰要去誰不去？」

「萬易節？」卓遠煙好奇地問道，「那是什麼節？我沒聽說過。」

「呵呵，妳沒聽說過是正常的，那是一個占卜界的群英大會，不過，」徐沫影說著，瞟了一眼藍靈，「據說去參加大會的也不全都是大人物，也有不少阿貓阿狗的。」

「那一定很熱鬧、很好玩，對不對？」

「我們也是第一次去，不知道到底是什麼樣子。」藍靈莞爾一笑，「會議嘛，都是蠻枯燥的，何況妳又不懂占卜，一定沒什麼興趣。」

藍靈的意思很明顯，她並不希望卓遠煙一起去，自己喜歡的男人身邊的女人，自然是越

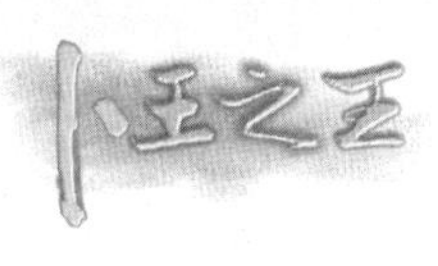

少越好，哪怕擺明了不構成任何威脅，但至少也是一個電燈泡。

卓遠煙不傻，自然聽得出來，但她對這占卜大會也確實沒什麼興趣，遊山玩水還可以，探險打架也不錯，但是坐在那裡聽大師們念經似的講述那一套她一無所知的東西，還真不如被老媽拉著到處相親更有意思。因此她很知趣地說道：「那一定無聊死了！算啦，我還是回北京吧，也好給某花心男和某癡情女一點發展感情的機會。」

藍靈一見被人識破了心思，禁不住笑著說道：「花心男眼前倒是有一個，癡情女在哪裡呢？」

「妳再裝啊！」

徐沫影皺了皺眉，直接用大腦把兩個人的對話過濾掉，轉過頭向柳微雲問道：「微雲，妳打算怎麼辦？跟我們一起去羅浮山吧？」

柳微雲搖了搖頭，眼睛望著遠處：「我不去了，我不喜歡人太多的地方，而且，朱朱受了傷，我要帶牠回去療傷。」

徐沫影愧疚地嘆了一口氣：「要不是朱朱，恐怕我們幾個就真的回不來了。」

「牠沒事，牠的能量已經耗盡了，休息幾天就好。」柳微雲淡淡地說道，「我們下去吧！」

「好，都下去吧！趕緊回飯店弄一點吃的，好好休息一下！」

卓遠煙應了一聲，把樹藤的另一頭丟到地上，然後用手抓住樹藤，一縱身便向下滑去。

在她背對徐沫影的那一刻，徐沫影從她背上看到一個繫著燈籠穗的劍柄，不禁出聲問道：「等一下！妳的劍不是還在背上嗎？」

順著樹藤滑落到地上，卓遠煙伸手一摸背後，果然發現自己丟在黑暗中的那把劍竟還安然無恙地背在背後。她不禁輕輕地「咦」了一聲，手腕一翻「刷」地抽出寶劍，橫在眼前仔細地查看。稀疏的月光下，劍刃上銀輝閃爍，全無一點血污，劍柄上掛著的燈籠穗在微風中搖晃，連絲線都沒少一根。她突然覺得自己像在作夢一樣，真懷疑這把劍不是自己用來刺穿怪物胸膛的那一把。

詭異。

「這劍有問題。」見徐沫影從樹上滑下來，卓遠煙一本正經地對他說道，「在墓室裡找劍的時候我摸過後背，清清楚楚地記得當時只有空劍鞘。可是現在它卻好端端地插在劍鞘裡，而且，你看，劍刃上的血跡都被擦拭掉了。」

徐沫影若有所思地看了看那把劍，又看了看她：「妳不會認為這把劍自己長腳了吧？還是說它長了翅膀，飛上來插進鞘裡？」

卓遠煙搖了搖頭：「我懷疑下面真的還有別人，他悄悄拿了劍，後來又悄悄還給了我。」

「不可能的。地上全是骷髏和石頭，在黑暗中走路一定會有聲響，不可能有人瞞得過我們這麼多隻耳朵，除非他能夜視。」徐沫影想了想，又說道，「如果真有人，那就算我們再

下去也不可能揪他出來。」

這時候，藍靈抱著樹藤從上面滑下來，聽到兩人說話，插嘴問道：「會不會是那隻怪物的問題？」

一句話點醒了徐沫影。他閉上眼睛想了想，冷不防地睜眼問道：「喵喵呢？」

「牠在我懷裡，睡著了。」藍靈笑著說道，「這小東西今天可乖了。」

「呵，」徐沫影笑了笑，「想必牠是玩累了。妳們有沒有想過，為什麼之前我們一直找不到牠，後來牠卻跟那個怪物一起突然出現在洞裡？」

藍靈和卓遠煙對望了一眼，各自搖了搖頭。

徐沫影抬起頭打量了一下眼前這株粗大的千年銀杏樹，緩緩說道：「這銀杏樹能保存下來，李淳風的墓這麼久都沒被發現，我想有兩個原因。一個是因為地下的李淳風墓正好是一個『泰』卦，而這棵樹正好扎根在泰卦的第一爻，一爻屬水，水生木，才讓它能枝葉茂盛，歷經千年而不老；另一個原因就是小怪物的守護，盜墓的人莫名其妙地死在樹下可能跟牠有關。李淳風也在幻影中說，他用馭魂法造了一個小怪物守在外面，妳們應該還記得吧？」

「他倒是說過這樣的話，但那小東西怎麼可能活一千多年呢？」

「烏龜都能活個幾千年呢，化氣化出來的活物，誰也不能確定牠的壽命是多少。」徐沫影說道，「我看遠煙殺死的這個小怪物就是李淳風的傑作，可惜沒把牠帶上來看看是什麼樣子。喵喵這個鬼東西，之前沒有能夠在墓中發現，一定是跟牠混在一起。」

「有道理！」卓遠煙一面想一面點頭，「十有八九就是這樣，不過我搞不懂，你們說了半天，這跟我的劍有關係嗎？」

柳微雲早就從樹上下來，站在一旁靜靜地聽三個人說話，這時候她微微動了一下嘴唇，彷彿想說點什麼，卻什麼都沒有說出來。她輕撫著火靈鳥的羽毛，緩緩地轉過身去，面向蜿蜒出林的山路。

今夜林中月下的青山，恰似她的背影，安靜而美好。

「唉，」徐沫影長長地嘆了一口氣，「李淳風只修了半個墳墓，很多話都沒有來得及說出就死了，留給我們一堆大大小小的問號，只能慢慢再弄明白了。」

說著，他側頭看了一眼藍靈，他知道她一定在幻象眼中讀到了什麼，只是不想說給大家聽。他抿了抿皸裂的嘴唇，轉過身擺了擺手：「走吧，下山去了！遠煙的劍，妳今後要注意一點，有什麼異常就要跟我說。」

四個人下了山，先是在飯店裡大睡了一覺，到了第二天早上，徐沫影因為腰疼背痛掙扎地從床上爬起來。出了房門，先到各個房間外轉了一圈，發現三個女孩都還在休息，便一個人走出了飯店，坐在飯店門前的石階上，攤開手掌看著手指頭發呆。

每個進出飯店的客人都用異樣的眼神看著他。

半小時後，他終於算出了柯少雪的電話號碼，倏地站起身，飛步衝進了電話亭。

電話撥了一半之後，卻又停下來，他突然想到，在那個電視選秀節目裡，柯少雪雖然唱了那首歌曲，但並沒有說過喜歡他。是的，她一個字都沒有說過，那麼，他打電話過去，應該怎麼說？

他在心裡仔細地盤算了一下，心怦怦直跳，拿著話筒的手竟然在微微顫抖。最後，他還是「啪」的一聲把電話放下了。

他實在摸不透他跟柯少雪之間的感情，更不知道自己應該說些什麼，這電話，不打也罷。

他悶悶不樂地往飯店大門走回去，經過報攤的時候不經意地向攤子瞥了一眼，這不經意的一瞥，卻讓他在報紙的大標題上隱隱約約看到了那個令他心動的名字。走過報攤，他停下腳步呆了一下，又轉身走回去。

捧起那張報紙，頭版頭條一個醒目的紅色標題赫然映入眼簾：「驚爆！奪冠熱門人選柯少雪，有意退出青歌決賽」。（按：大陸的選秀節目，全名為「青年歌手電視大獎賽」，簡稱「青歌大賽」）

他心裡一驚，緊皺著眉頭迫不及待地讀下去：

「優雅的東方女性美、傳奇般的身世、令人驚豔的原創歌曲、扎實的歌舞底子，使北京女孩柯少雪在今年的青歌大賽中脫穎而出，成為奪冠的大熱門，然而就在她輕鬆殺入決賽、網路人氣急速飆升的時候，卻有傳言稱她有意退出決賽。今天，本報記者就此類傳言對柯少雪進行了電話採訪，得到了她的親口證實。她說，無意進入娛樂圈，參加青歌賽只是為了唱那首原創歌曲，現在那首歌已經唱紅了，她的目的也已經達到，退出決賽是當然之舉……。」

徐沫影讀到這兒便再也讀不下去，他一把將報紙擲在地上，再次向電話亭飛奔而去。

拿起話筒，迅速地撥完號碼，一個纖細而甜美的聲音終於從電話那頭傳來，就像風中搖曳的梔子花：「喂，您好！」

「柯小姐嗎？我是徐沫影。」

電話裡沉默了。沉默中，徐沫影似乎聽到了對方微弱的呼吸聲，片刻之後，柯少雪再次開口，聲音裡有驚訝，也有掩飾不住的喜悅。

「我打過你的手機，但你一直關機，QQ你也不上線，我還以為，再也聯絡不上你了！」

撥號的時候，徐沫影的心平靜如水，但是現在，聽到柯少雪的話，心裡就禁不住起了一層層波瀾，他盡可能沉穩地說道：「是這樣，前幾天手機被偷了，暫時還沒買新的。妳急著找我是不是有什麼事？」

「其實，也沒什麼事，就是想告訴你，你給的歌詞我已經譜了曲。」

徐沫影一笑：「我已經聽過了。」

柯少雪似乎又是一愣：「你聽過了？」

「我剛好看到了妳的比賽，不僅聽到妳唱歌，還看了妳跳的舞。」

柯少雪聲音轉低，並添了幾分羞澀：「那，那我說的那些話，你也聽到了？」

「聽到了！」徐沫影心想，那些話難道不是說給自己聽的嗎？

電話的另一頭再次沉默，在這漫長的沉默中，徐沫影甚至能想像到柯少雪臉紅、手足無措的樣子，才壓抑下去的情愫禁不住暗潮洶湧了起來。

「我不知道妳參加了幾場比賽，我只看了其中一場。剛剛從報紙上知道妳進入決賽的消息，所以打電話給妳，祝賀妳獲得這麼好的成績，還想勸妳千萬不要有退出的打算。能爭取到今天的成績不容易，娛樂圈雖然複雜，但只要妳低調處事、潔身自愛就不會有事。妳有出色的外形和才藝，很適合朝這方面發展，為什麼現在就要退出呢？拿到冠軍後如果情勢不妙，再引退也可以。」

徐沫影知道，不停地說話，是隱藏自己情緒的好方法，因此他也不等對方回答，就一口氣說了這麼多。

聽完他的話，柯少雪突然輕輕問道：「你打電話就是為了告訴我這些？沒有別的事嗎？」

「沒有。不，還有……」徐沫影想了想，答道，「我想告訴妳，聽到妳在比賽中說的那些話，我非常感動！」

「那是我一直想對你說的話。」柯少雪羞怯怯地說。

徐沫影不是傻瓜，幾句話之後，柯少雪對他的感情便了然於心，他比誰都明白自己這時候應該說點什麼，但他卻猶豫著說不出口。他的胸口像燃燒著一團火般，心怦怦直跳，他左手拿著話筒，右手輕輕地撫著前胸，柯少雪嬌嬌怯怯美艷絕倫的樣子在眼前閃動，耳邊，歌聲婉轉，琴韻悠揚。

雖然有些字眼已經習慣於被人濫用，但徐沫影固執地認為，它不能輕易說出口；一旦出口，你就必須為它負責到底。在想到這個字眼的時候，他不由自主地想到了蘇淺月，想到了藍靈，甚至，說不清的，腦海中閃過柳微雲和碧凝的影子。

當這個字出口，就意味著將不得不向一些人事揮手告別；倒不是他捨不得，而是心中惴惴不安，覺得有些事情無法交代。

滿目山河空念遠，不如憐取眼前人。

淺月已死，眷念雖深，卻無奈人鬼殊途，這份感情叫做絕望；他喜歡藍靈，卻談不上愛，藍靈無法給他柯少雪所能給予的心跳和感動，但她癡戀自己從不退縮，取捨之間，十分為難，這份感情叫做矛盾；至於柳微雲，她是雪峰上的仙子，站在他仰望的高度，成就一個聖潔的傳說，或許也有一點朦朧的愛意，但這份感情叫做模糊；至於卓遠煙，根本無須考慮，她那男孩子一般的性格，使得弄假成真的機率幾乎為零，這份感情叫做遊戲。

雪，月，煙，雲。

或許，能真正令他心動的，都是薄命的紅顏，多情的才女。

感情的天平經過上上下下一番搖晃之後，終於向某個方向徹底地傾斜下去。

「聽我的勸告，不要放棄比賽，好不好？」徐沫影溫柔地說道，「等妳進了娛樂圈，如果妳不嫌我寫得糟糕，我會一直寫歌詞給妳。」

劇烈的心跳使他的話變得微弱而低沉，他頓了頓說道：「如果妳害怕孤單，我也會，一直在妳身邊，陪著妳。」

雖然沒有那個極具感情色彩的字眼，但徐沫影已經明白地表達了自己的意思，倘若柯少雪有意，憑她細膩的心思怎麼會有聽不出來的道理？

電話那頭的沉默令他窒息，握緊話筒的手有些打顫，他等著對方的回答，覺得時間慢得幾乎停滯不前。漫長近乎殘酷的等待，讓他幾乎有了收回表白的衝動，但是，言出如山，覆水難收。

他幾乎忘記了，沉默，也意味著對方驚喜難以形容的心情，以至於話到嘴邊，卻什麼都說不出口。

有些話，他猶豫了很久，而那些話，她期待了很久，而期待的時間比他猶豫的時間更漫長。

「我很高興。」聲音清甜依舊，卻微微顫抖，像細雨打濕的玫瑰花，「但我……我想靜一靜！」

沒等徐沫影回答，柯少雪「啪」地掛掉了電話。

這個回答，並不算差。徐沫影長舒了一口氣，掛上話筒，後背倚靠在電話亭邊，仰頭，閉眼。他想，柯少雪也一定站在家裡發呆吧！

天晴氣爽，七月的陽光突然變得溫柔，不再刺眼，像戀人的手指輕輕撫觸他黝黑的臉龐。徐沫影嘴角露出一絲笑意，天真得像個孩子。

黃昏時分，藍靈和徐沫影登上了飛往廣東惠州的客機，而柳微雲和卓遠煙，則作伴飛回了北京。臨行前，卓遠煙拍了拍徐沫影的胸，笑道：「沫影，不要再猶豫了，這次從羅浮山回來以後，就趕快把靈兒娶回家吧！美女紅顏易逝，可要抓緊時間哦！不然你喜歡拖拖拉拉，人家可等不起！」

徐沫影掩飾住自己的尷尬，微微笑道：「妳還是先為自己擔心吧，我要是娶了別人，還怎麼做妳的擋箭牌？」

藍靈看了他一眼，責怪似的說道：「誰是誰的擋箭牌，恐怕還說不清楚呢！」

第四章　苛刻的制度

徐沫影和藍靈下了飛機，正準備買張惠州地圖查看一下東坡飯店的具體地址，卻不料迎面走來兩個年輕人，劈頭就問：「請問這位是藍靈小姐嗎？」

這兩人穿著一致，都是白襯衫黑褲子，打著領帶，胸前掛著一個小牌子，上面寫著「東坡飯店」四個字。徐藍兩人一看便猜到他們是飯店的服務人員，一定是前來接人的。藍靈看了徐沫影一眼，隨即答道：「對，我是藍靈，你們是來接我們的嗎？」

其中一個服務人員很恭敬地說道：「是的。看來賀會長說的沒錯，晚上八點真的有姓藍的小姐從西南方向過來。」

藍靈一愣，詫異地問道：「怎麼回事啊？」

另一個服務人員解釋道：「哦，是這樣的，占卜協會賀會長晚飯時告訴我們，他測到萬易節最後兩名貴客會在今晚八點抵達機場，所以派我們過來接機，他還說其中一個小姐姓藍，我們在名單上查到了您的名字。」

「不過這機場這麼多人，你們怎麼會一下子就認出我們？」

「賀會長還說，要我們找最漂亮的小姐準沒錯，所以……。」

藍靈「噗哧」一聲笑了起來，女孩子最喜歡聽的話，莫過於男人們誇自己美貌。此刻藍靈的虛榮心得到極大的滿足，不再多問，笑道：「賀會長還真會說話。時間不早了，那我們就快走吧！」

兩個服務人員恭恭敬敬地請他們上了一輛車，趁著朦朧的夜色，快速駛向東坡飯店。途中，徐沫影忍不住向藍靈問道：「這個賀會長是什麼人？」

「中華占卜協會會長，名叫賀六陽，據說是個高手，但從不輕易占卜問卦。」

「那這次為什麼要推算我們的行蹤？這種小事，應該不需要到他出手吧！」

「我也不知道。或許是因為他是萬易節的主要負責人，對我們的安全需要負責，所以才算了一下。」

星月滿天，汽車在群山萬壑之間穿行，徐沫影望著窗外月光下幽幽的山巒，突然說道：「知道嗎，這羅浮山可是我們中國化學的發源地。」

藍靈一怔，問道：「什麼意思？我不明白。」

「東晉時期有個叫葛洪的道士，在這裡修仙煉丹，寫了一本煉丹書叫《抱朴子》，記述了不少化學現象，於是他被尊為現代化學的先驅者。羅浮山上很多道觀都是他建的，比如沖虛觀、白雲觀。就是他，使羅浮山成為道教十大名山之一，人稱道家的第七洞天。」

「呵呵，這麼說還真對。我只知道羅浮山上道觀和寺廟很多，卻不知道還有這麼多典故。」

「文化名山嘛！」徐沫影笑道，「東坡飯店的名字，一定是來自於蘇東坡。當年他被貶

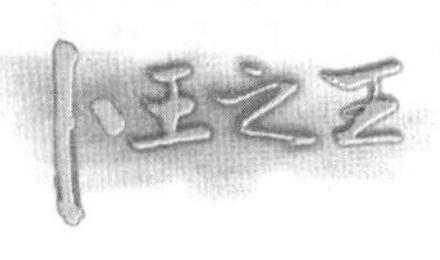

到嶺南的時候，在羅浮山下寫了不少文章和詩詞。」

「那我們的徐大詩人要不要跟蘇大學士比一比，也在羅浮山留下點詩歌什麼的？搞不好幾千年後，後人就會在你乘過涼的地方蓋個影子飯店呢！」

「好啊，我也來個『鐵肩擔周易，妙手著文章』！」

兩人初來羅浮山，心情大好，一路上不著邊際地閒聊了一番。藍靈發現徐沫影今天的話特別多，還以為這是他跟自己更為親近的表現，哪知道在徐沫影的心裡，卻一直在思量著怎樣把自己跟柯少雪的事情告訴她。他不斷說話，逗她開心，一是因為他心中愧疚，二是因為他要打消她心中的疑慮，以免她使用讀心術，過早地挖掘到自己心中的秘密。

沒多久，車在一處山腳停下來，兩人下了車，才發現面前矗立著一座燈火輝煌的大型飯店。從停車場到飯店門口，有大概一百多公尺的距離。在這片還算寬敞的平地上，擺著幾個賣特產、賣草藥的攤位，遊客進進出出，你來我往，十分熱鬧。羅浮山是旅遊聖地，非長松山可比，這裡的遊客數量之多遠超過長松山數倍。

兩人在服務人員的引領下大踏步往飯店走去，但是剛剛走出幾步遠，一個衣衫襤褸的老乞丐突然跳到了藍靈面前，那張髒兮兮、皺巴巴的臉往藍靈跟前一湊，把她嚇了一跳。

「漂亮的小姐，行行好吧，給點零錢！」老乞丐可憐巴巴地一伸手，開口行乞。

氣味有點難聞，藍靈皺了皺眉，禁不住抬起右手，在鼻子底下輕輕扇了扇，說道：「我今天沒有零錢。」

這是實話，藍靈身上確實沒帶零錢，不過就算是帶了零錢，她也不會愛心氾濫到把錢扔到這種毫無禮貌的乞丐手裡。

說完，藍靈繞過老乞丐，準備走開，卻不料那乞丐雙臂一伸，又大搖大擺地攔住了眾人去路。

「走開走開！」兩個服務人員連聲斥責。那乞丐卻對這兩個人不理不睬，逕向藍靈問道：「喂，妳明明身上有零錢，為什麼不施捨給我一點？」

這是行乞還是搶劫？藍靈有些厭煩地答道：「沒有零錢，不騙你。」

那乞丐卻繼續伸手出來，瞇著眼睛說道：「錢包在左邊上衣口袋裡，百元鈔票十幾張，十塊的零錢三張，行行好給我一張？」

藍靈不禁吃了一驚。那乞丐說的沒錯，自己的錢包確實在上衣左邊的口袋裡，錢的數目也完全正確。看一眼就能報出別人口袋裡有多少錢，徐沫影或許能做到，但她自問達不到這種水準。單憑這種功力，這個人也絕不是一個簡簡單單的乞丐，竟然還把十塊的鈔票當零錢，這就更不像是乞丐了。

由於老乞丐背對著路燈，昏暗光線下很難看清他的眼神，藍靈無法使用讀心術。她正想盤問一下這人的來歷，徐沫影突然搶上前問道：「老前輩，您懷裡的八百塊錢還沒花完，沒必要這樣行乞吧？如果您急著用錢，就把我這五十塊拿去吧！」說話間，徐沫影掏出一張五十面額的鈔票，遞給老乞丐。

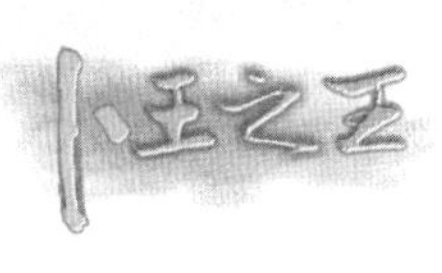

老乞丐白了徐沫影一眼：「說什麼老前輩？難道你也做過乞丐？唉，雖然你心地善良，可惜你的錢不夠香，我沒什麼興趣。」說著，他吸了吸鼻子，又看了看藍靈。

「小丫頭雖然漂亮，可是心既不夠黑又不夠紅，強敵環伺，當心弄丟了情郎啊！」說完，老乞丐不再說話，轉身一顛一顛地走了。

藍靈和徐沫影對望一眼，對萬易節的藐視已經收起了一半。

正在這時，只聽耳邊一個清脆的小男孩的聲音說道：「叔叔，請問你的姓氏在你家鄉當地是個小姓，對不對？」

徐沫影一愣，轉過身，只見兩個十歲左右的小男孩正站在旁邊，仰頭看著他們。其中一個長得十分清秀，臉色白皙，眼睛像會說話般烏溜溜地打著轉，看樣子正在等待他的回答；另一個男孩皮膚略黑，年紀雖然跟這個孩子相仿，但卻沉穩許多，正很認真地看著他們兩人。

徐沫影一指自己的鼻子，問道：「是問我嗎？」

「是啊。」白皮膚的小男孩點了點頭。

徐沫影彎下腰，笑著答道：「對，我這個姓在當地只有我們一戶，是個小姓。」

那男孩揚揚得意地瞧了同伴一眼，又向徐沫影問道：「那你姓余，對不對？」

徐沫影正待回答，旁邊那個皮膚稍黑的男孩斬釘截鐵地說道：「他姓徐，不姓余。光憑卦象簡單地判定確實是姓余，但眼前是兩個人，要加上一個雙人旁才對。你又輸了！」

「少吹牛了！」白皮膚的小男孩衝著他吐了吐舌頭，轉頭問徐沫影：「叔叔，您到底姓什麼，余還是徐？」

這兩個小孩，在比賽誰測得準嗎？

徐沫影分別看了看兩個人，笑道：「我姓徐，他算對了。請問你們……。」

他剛想問問兩個孩子的來歷，卻見那黑皮膚的男孩拉起白皮膚的手，轉過身就鑽進人群裡去了……。

「走吧，再去買一支冰淇淋給我，要五塊錢一支的！」

「不對，明明說好買三塊錢的！」

「你賴皮！」

徐沫影跟藍靈又對望一眼，彼此心照不宣。誰說萬易節來的都是阿貓阿狗，看這樣子，他們都開始懷疑自己才是阿貓阿狗了。

進了飯店，迎面便看見大廳裡豎著一面牌子，上面用紅筆寫著「萬易節報到處」六個大字。牌子下面，一個額頭高聳的中年人正坐在那裡，無聊地打著瞌睡，在他面前的小桌子上，放著一支筆，一本攤開的筆記本，還有兩張房門卡。

服務員帶著兩個人走過去，低頭在那中年人耳邊輕輕叫了一聲：「林先生，客人來報到了。」

正被瞌睡蟲襲擊的林先生猛然驚醒，趕忙正襟危坐，伸手擦了擦嘴角流出的口水，然後

皺著眉頭打量眼前兩個人，打量了一會兒便慵懶地問道：「是藍靈和徐沫影嗎？」

藍靈點頭答道：「是的。我們來晚了，讓您久等，十分抱歉！」

林先生瞇著眼睛擺了擺手，大腦袋搖搖晃晃，看樣子也不知道多久沒睡。他有氣無力地說道：「簽名，領卡，快！領了卡快走人！嶄新的雙人床還在等著老子呢！」

徐藍二人也不多說，拿過筆和本子便準備簽名。一旁的服務員卻突然問道：「這個，林先生，程序好像不是這麼走的吧？是不是每個客人都要算一下自己的房間號？」

「沒錯！」林先生聽了猛然一拍腦袋，驚了一下，睜大了紅紅的眼睛說道：「我都差點忘了。那個，藍靈、徐沫影，算一下給你們安排好的房間號，只有三分鐘時間。三分鐘內算錯或算不出，那對不起，請走人！」

兩人聽罷都是一愣。藍靈不解地問道：「林叔叔，沒這樣的規定吧？我們收到請帖了，難道算不出就不能參加萬易節了嗎？」

那林先生十分不耐煩地嚷道：「你們也知道這是萬易節，萬易節是什麼地方？占卜精英薈萃的地方，算不出房間號還參加個屁呀！如果算不出，請帖留下，人滾蛋！開始計時，一、二、三……。」

兩個人萬萬沒有料到萬易節竟是這麼嚴格，看來沒有真本事混都混不進去。當然，這種小題目難不倒徐沫影，更難不倒藍靈，她早就在跟這位林先生說話的時候神不知鬼不覺把兩人的房間號用讀心術讀了出來。

林先生剛剛數到五，藍靈和徐沫影已經分別報出了各自的房間號：「三三六、三三七！」

林先生讀秒的聲音戛然而止，神色愕然地看了兩個人一會兒，懷疑地問道：「你們沒用什麼特殊手段吧？還是靠關係走後門……」

藍靈打斷了他的話，兩隻手在胸前一抱，學著林先生的口氣說道：「萬易節是什麼地方？占卜精英薈萃的地方！房間號都算不出來，會有人邀請我們嗎？」

「那就不一定了！光就報到的這兩天，百分之八十來參加會議的人都被拒之門外，都號稱大師，都有請帖。要不是騙子橫行，賀會長也不會想出這種辦法來進行人員過濾，我也不會兩天不睡覺在這撐著。不過，你們倆名氣不大，算得倒是很快，令人起疑啊！」林先生雖然這麼說，但口氣明顯柔和了許多。

徐沫影笑笑說道：「既然我們算對了，那就請林先生快把房卡給我們吧！」

兩人簽名領了卡，由服務員領著上樓去各自的房間，藍靈邊上樓邊問服務員：「請問，雅閒居士到了沒有，他住哪個房間？」

服務員畢恭畢敬地答道：「您是說那個年紀最大的老先生吧？他今天下午剛剛飛過來，帶著三個徒弟，住在二〇四和二〇五房間，只是老先生年紀大了，跑了那麼遠的路很疲倦，現在應該已經睡了。」

「雅閒居士是誰？妳師父？」徐沫影問道。

「對呀，我師父。沒想到我的三個師兄也都跟來了，看來他們是真想在這次萬易節好好出一下風頭了。今天太晚了，明天我帶你去見見他們，別說你不想見，他們早就點名想見你，只是我一直拖著。師父說你後生可畏，要請你吃飯。」

「後生可畏？我才剛出道幾天，哪有什麼可畏的名氣？不過是因為上次風水鬥法的事而以。」

「嗯，要說不是為了那件事，我自己都不信，不過你放心，我已經跟他們解釋過了，他們不會再為難你的。」

徐沫影憨憨地笑了笑：「我一個後輩，他能怎麼為難我？我才不會擔心什麼，反倒是妳，不要為這種事勞神了。」

兩人房間在三樓，是連著的兩個單人房，方便互相照顧。徐沫影打開門進屋上下檢視了一番，淡綠色的地毯，鬆軟的大床，窗明几淨，寬敞明亮，是個休息的好地方。服務員十分恭敬地說道：「五樓西側是餐廳，十樓是會議室，您可以乘電梯上去。先生，沒什麼事的話我先走了，有需要的話可以按鈴叫我們。」

「等一下！」徐沫影轉過身，壓低了聲音問道：「請問，北京的李夢臣李大師到了沒有？」

「哦，李大師昨天就到了，住在四〇六房間。」

「好的，謝謝你，沒事了。」

服務員轉身出去，帶上了門。徐沫影剛準備換衣服洗個熱水澡，門一開，藍靈笑語吟吟地走進來，懷裡抱著那隻搞怪的藍貓喵喵。

「你要去找李夢臣嗎？」把喵喵放在地上，藍靈側頭問道。

徐沫影搖了搖頭：「沒有那個打算，只是隨便問問，在北京我都不去找他，何況是在這種地方。」

「我還以為你又要上門挑戰呢！」

「我們現在還沒那個實力。」

「不是實力，是勢力。」藍靈神秘地一笑。

「其實我有個辦法，明天在飯桌上好好表現一下，我師父師兄他們一定會幫你的。」

「好好表現？」徐沫影不解地問道，「什麼意思？」

「呵呵，明天你就知道了。」說著，藍靈又是千嬌百媚地一笑，「時候不早了，早點睡覺吧，服務員通知明天要早起，不知道那該死的賀會長又有什麼刁難古怪的安排。」

「賀會長是個還不錯的人，起碼為萬易節趕走了一大批騙子。」

藍靈不服氣地說道：「數字可是最難算精確的，有多少人像你那樣，開口就能算出三位數？要是不會讀心術，我這種程度，跟那些被趕走的騙子還不是一樣。反正我覺得，這萬易節的入門制度，未免太苛刻了。」

「好了，別抱怨了。」徐沫影笑道，「賀會長這麼做，也是為了占卜界的發展。去睡覺吧，有什麼事明天再說。」

藍靈應了一聲，回到自己房間。徐沫影鬆了一口氣，總算可以安心睡覺了，他轉身呼喚了兩聲：「喵喵，喵喵！」那小東西卻沒有回應。他不禁一愣，滿屋子查看了一下，才發現早已經不見了牠的影子。

徐沫影一屁股坐在床上，禁不住低低地罵了一句：「鬼東西！」

羅浮山的第一個早晨來得異常窘迫，徐沫影被一陣緊急的敲門聲驚醒。他揉了揉惺忪的睡眼，翻身從床上坐起來，抓起枕邊的手錶，時針才剛剛指向六點鐘。那陣急促的敲門聲讓他感覺不是來參加什麼群英大會，而是來參加戰鬥營。不滿歸不滿，但他還是乾淨俐落地穿好了衣服，衝進浴室開始梳洗。

喵喵這小東西一夜沒回，不知道又到哪裡逍遙去了。但經過長松山一場戰鬥，徐沫影對牠已經不怎麼擔心，知道牠有自保的能力，怕就怕這小東西到處亂竄，惹是生非。

梳洗完推門出去，藍靈已經穿戴整齊等在外面，見徐沫影出來，藍靈上前一步拉住他的手，轉身就往電梯方向跑：「快點啦，會議要開始了！」

「現在才六點十分，什麼會議開這麼早？」徐沫影邊走邊問。

「我也想知道啊！一大早就拼命來敲門。」

「我們年輕人倒是沒什麼關係，可是那些前輩大師們會樂意接受嗎？」

電梯門口已經有一堆人在等著，有年輕的，也有上年紀的，有人沉默，更有人罵不絕口。一個六十多歲的老人開口一個「賀六陽渾蛋」，閉口一個「賀六陽渾蛋」，正罵得口沫橫飛，兩個年輕人攙著他，勸也勸不住。

藍靈向徐沫影微微一笑，小聲說道：「你看看，這不是正罵得火氣很大嗎？」

一個禿頭滿面紅光的中年人笑道：「薛老先生好大的火氣啊，可惜您在這兒罵得這麼賣力，他賀六陽卻穩穩地坐在上面喝茶，聽不到您說的話呀！」

「哼，我參加過二十多次萬易節，從沒有見有人這麼亂搞過！昨天一進門就先給我一個下馬威，算什麼房間號，我六個徒弟硬是被趕走了四個！今天還不到六點就叫我起床開會，是不是嫌我活得時間太長了，想把我氣死在這裡啊？」

老先生嗓門沙啞，聲音卻極大，整個走道都聽得一清二楚。兩個徒弟在一旁勸道：「師父您不要氣壞了身體，我們上去再找姓賀的理論！」

「氣死了我，你們就把我埋在這裡，再上門去謝謝他，謝謝他賀六陽給我挑了羅浮山這個風水寶地！」

那中年人只是微微地笑，十足地幸災樂禍，他挺著大肚子，手裡輕輕搖著一把小紙扇子，一副風流倜儻翩翩公子的得意神態。四顧之下，一眼就發現了站在人群外跟徐沫影低語的藍靈，一雙小眼睛不禁精光四射，也不跟那面紅耳赤的薛老爺子說笑了，分開人群，逕自走到徐藍兩人面前。

藍靈看見他走過來，一絲光亮自眼底掠過，也不等他說話，便開口問道：「是兩廣易協

的理事古丁先生吧？」

中年人一愣，隨即滿面堆笑地說道：「沒想到小姐竟然認識我，真是榮幸！榮幸啊！」

「不，榮幸的應該是我……」藍靈嘴角掛著一絲笑意，故意抬高了聲音說道。

「您能一眼就看中我，並想讓我成為您雙人床上第四十八個女人，真是我最大的榮幸啊！」

藍靈緩緩把話說完，幾乎所有人都把目光從老爺子身上挪開，轉向了他們這邊。望向藍靈的目光儘是驚豔，而望向古丁的目光全是厭惡和譏笑。就這個禿頭大肚子的怪物，還想泡這個精緻迷人的美女一把，未免太異想天開了。

徐沫影就站在藍靈旁邊，唯恐她鋒芒太露，輕輕地拍了拍她的背，但藍靈只是假裝不知道，一點反應都沒有。

古丁不可避免地驚愕了一下，但隨後便鎮靜下來，坦然地一笑：「小姐，看妳長得這麼漂亮優雅，怎麼說起話來這個樣子呢？我剛剛看到妳，只是覺得妳面相聰明，所以想過來跟妳聊聊天，看看妳的功力高低，可沒想到我一句話沒說，妳就開始血口噴人。這對長輩是不是太不敬了？」

藍靈不慌不忙地一笑，緊緊盯著對方的眼睛：「那看來我誤會了。前輩既然要看看我的功力高低，那我就獻醜給您看。我剛才也看了您的面相，算出了陪您上床的第四十七個女人是什麼樣子，要不要我說一下試試？」

她話音剛落，有年輕人便起鬨似的喊道：「美女，快說，快說！」

這是人人感興趣的隱私話題，更重要的是，沒人相信可以從面相上看到一個人跟多少女人上過床，那些女人的樣子更不可能推得出來。於是大家都瞪大了眼睛看著，期待著藍靈說出來，甚至剛才那位老爺子也閉口不罵，饒有興致地看著他們。

徐沫影明白藍靈的小伎倆，她先用話挑起古丁的記憶，讓他想到自己上一個情人的樣子，她再用讀心術讀出來。這種手段也只有她能用，單憑占卜功力，別說是她，就算比她水準再高上兩級，也不可能算出那些亂七八糟的事情。

古丁嘿嘿地笑了起來，無辜地雙手一攤：「我真不知道妳在說什麼，什麼第四十七個？」

「您真的忘記了嗎？」藍靈笑得像一朵紅豔豔的桃花。

「就在昨天晚上，您住進飯店的第一夜，那個假借送熱水找您算命的女服務員，呵呵，她的身材不錯，唯一的缺點是胸還不夠挺，是不是？她找您算命，您給她說了幾件發生的事，非常準，然後您說她今年十月份有血光之災，是不是？您說跟您上床您就幫她化解，然後您就像餓狼一樣撲上去了，是不是？古前輩，還要我說得更詳細嗎？」

藍靈自始至終咄咄逼人地盯著古丁的眼睛，她一面說，古丁一面想，古丁想到哪，她便說到哪，就這麼一點點地說下來，驚得古丁連連後退，面色慘白。

在場的眾人也全都呆了，與其說這是算出來的，他們寧願相信這是藍靈親眼所見。數十

道鄙夷的目光毫不客氣地投向古丁，恨不能把這個大肚子扒光光，看看他在床上赤裸裸翻滾的鬼樣子。

「妳這故事編得還真像那麼回事。」古丁慘白著臉，極不自然地向眾人一笑。

「大家都是學占卜的，都知道這種事情算不出來的，她一個年紀輕輕的小丫頭更不可能算出來，這擺明了就是血口噴人嘛！」

回應他的全是搖頭冷笑。剛才那年輕人走過來拍了拍古丁的肩膀，說道：「大哥，記住一句話：出來混遲早是要還的！」

這時候，電梯門終於緩緩打開，人們紛紛擠進電梯。薛老爺子狠狠地白了古丁一眼，在兩個徒弟的攙扶下上了電梯。藍靈也不再理會古丁，拉著徐沫影的手往電梯中走去，經過古丁身邊的時候，卻聽對方低聲問道：「妳是不是會讀心術？妳跟雅閒什麼關係？」

看來古丁並不是傻，雖然有點後知後覺，但藍靈的手段還是被他看穿了，只是這話不敢在眾人面前問出來而已，否則等於他承認藍靈說的都是真的。

「無可奉告。」藍靈正眼都不瞧他，就從他身邊走過去。

進了電梯，徐沫影碰了碰藍靈的衣角，說道：「有點過分了。」

「我看見這種人就有氣，仗著自己有一點本事和地位，就騙吃騙喝胡作非為，我要讓他知道，不是所有的女人都那麼好欺負。」

徐沫影看了她一眼，不再說話，他覺得藍靈說得也確實沒錯。

電梯緩緩上升，轉眼就到了十樓，眾人出了電梯，迎面就是會議廳的大門。門口站著兩個服務小姐，給每一個進入會議廳的人發一塊黑紗布。徐沫影不知所以地接過紗巾，轉頭向藍靈問道：「這怎麼回事，難道有前輩去世了，要我們來悼念一下？」

「可是召開追悼會也沒必要這麼早吧。」藍靈想起樓梯門口叫罵連天的情景，忍不住「噗哧」一聲笑起來，「這些占卜界的高手，多數都是前輩名家，平時養尊處優慣了，哪受過這種窩囊氣？我們啊，等著看好戲吧！」

說話間，兩人跟著眾人進了會議廳的大門。

大型飯店往往也會配有大型會議廳，供前往旅行的組織開會之用，眼前這個會議廳不大不小，但密密麻麻也足足有五百多個座位。這個時候，前來參加萬易節的人差不多都到齊了，但還有一半多座位是空的，看來能闖過第一關留下來的人並不多。

徐沫影轉過頭觀察了一下，只見前面主席臺上坐著三個人。左邊是一個老人，七十歲上下的年紀，瘦長的臉形，留一縷花白的鬍子，但眼睛炯炯有神，精神矍鑠。中間那個人很年輕，看上去約莫三十多歲，短髮，方正的臉形，寬闊的額頭，眼神溫和中透著剛毅，正側著身跟左邊的老人說話。右邊那位先生也是三十多歲的樣子，一副永遠都睡不醒的慵懶模樣，兩手正趴在桌子上打瞌睡，正是負責接待的那位林先生。

徐沫影不禁有幾分驚訝，主席臺上的人必定是萬易節的核心人物，是占卜界重量級的人物，其中有兩個年紀竟然如此之輕，尤其是那位負責接待的林先生，看樣子毫無出奇之處，

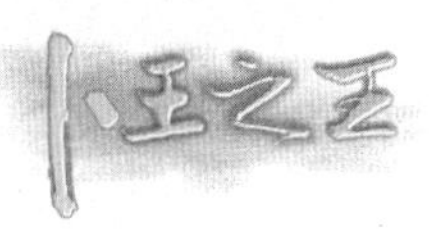

甚至還有點猥瑣，竟然也能坐在那種地方。

兩人找了個靠後面的位子坐下來，徐沫影抬頭看了看臺上的三個人，低下頭向藍靈問道：「看那三個人，哪個是賀會長？」

「我也不認識。能當上中華易協的會長，照理說應該有一大把年紀了，不過，賀六陽這幾年才聲名鵲起，是去年萬易節的卜聖，師父說是個後輩，很可能就是中間那個人。」

徐沫影又認真地打量了一下中間那位先生，越看越覺得這人雖然年輕，卻有種凝如山嶽深沉似海的氣勢。占卜者承接天地之氣，學習者需心思細膩個性穩重，以自然平和的心態視萬事萬物，非如此不能達到頂峰。這人深沉練達，鋒芒不外露，難怪年紀輕輕就摘下了占卜界的桂冠。徐沫影不禁深深地為這些日子自己內心的浮躁而感到羞愧，當下又收斂了幾分，人外有人，天外有天，這次一定要把握機會好好向前輩們學習。

會場裡人聲嘈雜，有抱怨的，有猜測的，有低聲咒罵的，也有悠然自得說說笑笑的。藍靈左瞧右看，尋找師父師兄們的影子，徐沫影則凝然端坐，注視著主席臺上的動靜。

沒有多久，左邊那老人便拉近了桌上的麥克風，清了清嗓子說道：「咳，咳！大家安靜一下，先聽我這把老骨頭來說幾句廢話。」

會場裡這才安靜下來。

老人向台下掃視了一遍，才用沙啞的聲音繼續說道：「我想在座的各位大部分都認識我，不過，今年還是有不少新鮮的面孔出現，因此先自我介紹一下。我叫吳琪，平平無奇的

一個人，有幸做過幾年易協的會長，這次萬易節呢，我也是主要負責人之一。今年來參會的人比較多，多數是我的晚輩，不過也有像雅閒居士這樣的長輩。不管長輩晚輩，認識的不認識的，熟悉的不熟悉的，老吳在這裡向大家問個好！」

這位吳老先生說話隨和，就像鄰居的老人話家常一樣，十分可親。他剛剛說完，會場裡便響起了一片掌聲。

吳琪微笑著向大家作了個揖，湊近麥克風又說道：「現在我向大家隆重地介紹一下本屆萬易節的主席，也就是中華易協的現任會長，去年萬易節的卜聖，賀六陽先生！」說著，吳琪向中間那個中年人看了一眼，笑道：「下面，我們就請賀先生說幾句話。」

看來藍靈猜得沒錯，那個人就是賀六陽。不過，似乎這兩天來眾人積怒不小，下面鼓掌歡迎的人寥寥無幾，那幾個人中間還多半都是為了給吳琪面子。徐沫影覺得這場面未免太尷尬，或許有人帶頭鼓掌狀況就會好轉一些。想到這，他就兩手用力，起勁地鼓起掌來。

稀稀拉拉十分微弱的掌聲中間突然出現了一個急促的最強音，顯得那麼不和諧，會場裡幾乎所有的人全都順著聲音回過頭來，去看為賀六陽加油鼓掌的是何許人也。卻見一個面孔黝黑的年輕人遠遠地坐在最後一排，面帶恬然的微笑，正一動不動地望著主席臺，兩掌不停地上下拍擊。

這年輕人很陌生，也很不起眼，相比之下，他旁邊那位漂亮小姐就過於耀眼了。幾乎所有年輕人的目光最終都從徐沫影身上掠過，直盯著藍靈身上。藍靈不太自然地向大家回送一

個微笑，然後在下面輕輕踢了徐沫影一下。徐沫影一愣，這才終止了他那發自內心的掌聲。

主席臺上，賀六陽輕輕向徐沫影點了點頭，也誇張地清了清嗓子，示意大家聽他講話。等眾人都回過頭來，他才開口說道：「我知道，這兩天大家心裡存了不少問題，也積壓了不小的火氣，很想要我給大家一個交代，那麼，我就先就這次萬易節的制度說幾句話。以往的萬易節，少的參會者有一千多人，多的接近兩千人。而我們這次雖然邀請了很多人，但最終能走進會場的卻不到三百人，為什麼？你們想過沒有？」

賀六陽神情肅然地向下面望著，一雙眼睛炯炯放光。會場裡一時間鴉雀無聲，都想聽他給出一個合理的解釋。

「我告訴你們，是實力！你們抬頭看看上面的匾額，寫的什麼？萬易節！注意，這是萬易節，不是萬聖節！這不是群魔亂舞的地方，更不是欺矇拐騙的遊樂場！這是中國最頂級的占卜盛會，那些有名無實的騙子，學而未成的後輩，我們放他們進來幹什麼？吃喝玩樂還是拍馬吹牛？演一場鬧劇讓人看笑話？」

賀六陽每一句話都擲地有聲，說得慷慨激昂，在會議廳裡不斷地迴來蕩去，每一句都敲打在徐沫影的心坎上，讓他心頭大為暢快，真想拍桌子叫一聲好。

「在座的有不少我的長輩，這些年來萬易節的情況你們都清楚，中國占卜界的風氣你們也清楚。騙子橫行，虛誇成風，給中華最古老最神奇的文化帶來多麼糟糕的影響？這樣任其發展下去會是一種什麼後果，你們想過嗎？人們視占卜為偏門，冠上迷信的帽子，難道這都是偶然嗎？

「如果一個建築師，他建築的房子總是很快就倒塌，人們就會對他個人失去信任。如果絕大多數建築師都這樣，人們就會對建築這門技術失去信任。但技術終究是技術，它跟占卜不同，占卜的神秘性、神奇性和前瞻性決定了它會遭遇更多非議。在大師滿天飛的今天，有太多人利用占卜牟取暴利，騙財騙色。明明自己所學不精，偏偏聲稱自己另闢蹊徑。著書立說的，講學辦校的，有多少是真正精通占卜的？他們在外面搞得雞飛狗跳也就算了，我們再把他們堂而皇之地請到萬易節的會議大廳裡來，奉為上賓，這不是笑話嗎？

「占卜界風氣不改，我們都成騙子的共犯啊！要剎住這股風氣，我們就從萬易節開始！

「另外，我也要向各位鄭重地表示歉意，趕走你們的師兄師弟，趕走你們的徒弟徒孫，這都是無奈之舉，萬易節要嚴格，要成為真正的頂級盛會，就不能放那些水準不足的人進來。我希望萬易節閉幕以後各位能把我的話帶回去，要想參加下一屆萬易節，就先做好自己研究的功夫吧！

「今天是萬易節開幕第一天，麻煩各位起個大早，是因為想評定一下各位功力高低，也好排個席位。當然，我們能留下來的，都已經是占卜界如今最頂尖的精英，但還是要有一點區分的。

「我說明一下評定方式。你們手裡都發了一塊黑色紗布，各位先用紗布蒙上眼睛。我這裡有一台電腦，鍵盤是特製的，打亂了各鍵的排列，而且鍵上沒刻任何標記。每個人坐到電

腦前面的時候，螢幕上會隨機出現一個五位數，我要求大家在半分鐘內算出這個五位數，並用特製鍵盤打出來；當然，要想打出字來，也必須先算出鍵盤上各數位的輸入位置。但是提醒各位，在坐下之前不要提前算鍵盤鍵位，因為我們的鍵盤電路也是隨時改變的，提前算鍵位只會失敗。

「半分鐘內，打出全部位數的，列入貴賓甲等席，打出三到四位數的，列入乙等席，打出一到兩位數的，列入丙等席，一個字也打不出或者放棄的，列入末等席。各位聽明白了嗎？」

賀六陽剛剛說完，台下便響起一片噓聲，這個分等級的方式實在太苛刻了。進門半分鐘算三位數，相對來說還算簡單，但要在半分鐘內算出五位數位並算出鍵盤鍵位，這實在有點強人所難。估計這一下，在場兩百多人就全被打到末等席位去了。

藍靈碰了一下徐沫影的胳臂低聲說道：「半分鐘，我一定一個數字都打不出來。鍵盤上一百多個鍵，雖然只要求算出五個，但這個難度還是大了點，給我一個小時，我倒是差不多能完成。」

徐沫影也有點皺眉，真不知道自己能算出多少。

他安慰藍靈說道：「別洩氣，先試試看！」

人們正在小聲議論，突然一個蒼老而憤怒的聲音在會場中響起：「做這種狗屁不通的功力測試，我就不信有人能全部算出來！難道你要我們這些老骨頭也都去末等席喝西北風嗎？」

第五章　末等席的高手

有人帶頭開槍，飛機大砲便緊跟著滿天飛舞遍地開花。本來賀六陽已經給眾人都冠上了精英的稱號，民心稍定，但他一公布那高難度的分席制度，會場裡便又開始民怨沸騰。如果不是上面還有十幾層樓，只怕會場的屋頂會被掀起來。

主席臺上，吳琪附在賀六陽耳邊說了句什麼，賀六陽皺著眉搖了搖頭，低頭湊近了麥克風說道：「是黃山的薛成英薛大師吧？您來參會的六個徒弟有四個被拒之門外，我對此深感愧疚，但這是本屆萬易節的規矩，他們學藝不精，只能等下一屆再來了。至於功力測試，憑您的技術，一定坐不到末等席，請不要煩躁！心情煩躁會預測失準，就顯示不出您的真實水準了。」

賀六陽話音平和，已經給足了這位倚老賣老的薛成英面子，但薛成英實在火氣太大，「騰」的一下從座位上站了起來：「賀六陽，你別迴避我的問題！我今年六十多歲，學占卜四十多年，你設計的這個狗屁測試程式，我自問無法完成，也不信有人真能在三十秒內把五個位數打出來！」

賀六陽心平氣和地看著薛成英，問道：「如果有人能做到呢？」

薛成英鬍子一顫一顫的，反問道：「你能嗎？」

「薛老先生，我不明白您的意思。」

「你要能做到，我不麻煩你，我自己帶著幾個徒弟直接就去末等席；你要做不到，這種分席方式取消，還按照往年的慣例，資歷深年紀大的坐甲等席！」

賀六陽一笑：「老先生，您的意思我明白了，但是我希望您再考慮一下。」說著，他一指主席臺上空餘的座位，「您看到了，這裡我們還空著七個座位，甲等席的貴賓位子都在這裡。我們這三個人，吳老前輩、我，還有上屆的卜王林子紅先生，我們都可以做到……。」

賀六陽說到這裡，扭頭看了一眼右手邊的林先生，卻不禁眉頭大皺，停下來不再說話。

就在會場裡鬧得烏煙瘴氣的時候，這位林先生卻趴在桌子上鼾聲大作，早就跟周公聊天下大事去了；更惡搞的是，林先生亂糟糟的頭上竟然還趴著一隻小小的藍貓，向前大伸著兩隻前腿，擺出跟林一樣的姿勢，正在埋頭大睡。

剛剛人們的注意力全放在賀六陽和薛成英，都沒注意到什麼時候林先生頭上竟多出一隻滑稽的小貓。

賀六陽話說到一半突然戛然而止，人們的眼光便都隨著他的目光落在了那位林先生頭上，頓時，全場爆出一片笑聲，會場裡亂作一團。

徐沫影和藍靈也看到了。

徐沫影聽到賀六陽的介紹，剛剛驚嘆那位毫不起眼的林先生竟然是上屆萬易節的卜王，接著便愕然發現了卜王頭上趴著的那隻小藍貓。

「那不是喵喵嗎？」藍靈驚訝地問道，「牠怎麼跑到上面去了？」

徐沫影無辜地搖了搖頭：「昨天妳一走牠就不見了，天知道怎麼突然躥到會場裡來。」

會場裡一片大亂。賀六陽伸手推了推林子紅，林子紅這才反射似的直起身來，一面伸手揉眼睛，一面抬起頭問道：「怎麼了？什麼事？」

他這一抬頭，喵喵便再也坐不穩當，順著他的背面滑去，眼看就要滑落下去，卻又用兩隻前爪像抓救命稻草一樣，抓住了後腦勺的幾根頭髮。林子紅頭髮本來便又亂又長，喵喵抓了那幾根頭髮，便隨著他扭頭的動作，在他細長的脖子後面盪起了鞦韆。那位遲鈍的林先生卻偏偏像沒事一樣，傻乎乎地看著一旁的賀六陽連聲追問。

會場裡的人們笑得更是前仰後合，藍靈見了也忍俊不禁，低下頭「咯咯」地笑起來。

賀六陽伸出雙手，把喵喵從林子紅脖子後面抱起來，站起身來向台下問道：「這是誰帶來的貓？快領回去吧！」

林子紅這才知道是怎麼回事，摸了摸後腦勺，看了喵喵一眼，笑著罵了一句：「小畜牲！」說完，他不再理會，逕自從口袋裡摸出一盒菸，打著了打火機，湊上去就要點菸。旁邊的吳老爺子手疾眼快，伸手就把他嘴裡的菸打掉了。

「會場裡禁止吸菸！」

「我提神！」

「我叫服務員給你倒杯咖啡。」

「不用了，我不喝咖啡，您不用忙了。」

就這麼幾句話的時間，賀六陽轉眼再看臺下，卻見最後一排站起來一位顧盼生姿的女孩。那女孩笑靨如花，舉止大方，一面往臺上走一面說道：「對不起，賀會長，這隻貓是我帶來的，牠總是這麼不聽話，到處亂跑！」

大廳裡鴉雀無聲，眾人安靜地注視著藍靈衣裙飄動、落落大方地走到主席臺前，從賀六陽手中接過那隻小貓。

賀六陽面泛微笑，溫和地說道：「那妳趕快把牠帶下去吧，下次可別帶牠進來了。」

「嗯。」藍靈重重地應了一聲。

「謝謝會長！」

林子紅忽然輕輕地「咦」了一聲，問道：「妳是不是叫藍靈？」

藍靈點頭一笑：「想不到卜王還記得我的名字，真是我的榮幸呢！」

「哈哈，我不但記得妳，還記得妳的情人徐沫影，就是你們害我今天瞌睡連連！」

「待會兒好好表現！我看好你們！」林子紅爽朗地笑道。

藍靈不卑不亢地鞠了一躬，說道：「就怕我們沒有坐甲等席的本事，要想表現得好，還得卜王給我們開後門才可以！」

「哈哈，小丫頭真有意思，跟你這隻小貓一樣有意思。去吧！去吧！別干擾了會場秩序！」林子紅十分高興，說完便往後面一仰，倚著椅子的靠背閉目養神去了。

藍靈抱著喵喵往回走，走到會場中間，突然聽到有人低低地喚了一聲：「靈兒，靈兒！我們在這兒，師父也在這兒！」

藍靈聽到聲音不禁大喜，循著聲音望過去，發現自己的三個師兄正簇擁著師父坐在角落裡，而剛剛跟她說話的，正是年紀最小的三師兄。她從進了會場後就一直在找師父，現在總算找到他們了。她喜上眉梢，剛要說話，卻聽主席臺上賀六陽叫道：「注意會場秩序！」

藍靈只好低低地答了一聲：「散會再找你們。」便匆匆趕回了自己的座位。

「麻煩妳了。」徐沫影向她點了一下頭。

藍靈嫣然一笑，低聲說道：「說什麼話，我很喜歡喵喵，真是愛死牠了，把牠送給我怎麼樣？」

這時，主席臺上又響起賀六陽洪亮的聲音，徐沫影趕緊匆匆地回了一句「回頭再說」便轉過頭去聽賀的講話。

「我們已經估計過，全場能做到的，加起來不會超過十個人。如果題目設得過於簡單，也就失去了測試意義了，從這屆萬易節開始，我們要提倡務實的風氣，尊重真才實學，有本事就有地位。憑您的水準，一定不會去末等席的，薛老先生，您還是再考慮一下吧！」

話音剛落，薛成英便指著賀六陽的鼻子罵道：「考慮個屁！我參加萬易節這麼多年，連續九年都是甲等席，你說這話的意思就是說我沒本事對不對？那你去做做看，我就不信在三十秒內你們能做出來！去啊！別他媽的拿卜王的頭銜來壓人！」

賀六陽還沒回答，林子紅便懶懶散散地坐直了身體，湊近了麥克風說道：「我替六陽應戰。技術員、服務員，準備！」

「你去不太好。」賀六陽一把拉住了林子紅，面色沉鬱，「他指明了叫我，還是我來吧！」

林子紅白了他一眼：「答應了幫你撐場子，我總得做點什麼，別的我辦不了，這點事情我還辦得成。」

他們說話聲音很低，遠離了麥克風，台下根本聽不見。林子紅懶洋洋地向薛成英瞥了一眼，挪近了麥克風說道：「薛老爺子，我替賀六陽上，行不行？」見薛成英撇了撇嘴有不同意的意思，他馬上一揮右手：「別不開心啦，您要求算五位數是吧？我算八位數，也為萬易節的開幕圖個吉利。技術員，把數位顯示調成八位數！」

會場裡人們頓時議論紛紛，光是在三十秒內算出八位數就有著極高的難度，再加上從一百多個鍵中定位八個數字鍵，在場的人自問沒人能辦得到，包括徐沫影，五位數他估計自己還有成功的可能，但是八位數，一點勝算都沒有。

藍靈不禁吐了吐舌頭：「卜王的話說得太滿了。」

徐沫影的眼睛一刻也沒離開過主席臺，淡淡地說道：「未必啊，人外有人，天外有天。我們做不到，別人未必就不能做到？」

藍靈側過頭笑著問道：「那你能不能做到？」

「五位數還差不多，八位數，時間就太緊迫了。每個數字起一卦，每個鍵的定位又各起一卦，一共需要十六卦，就算起卦速度達到每秒一個，也沒有充足的時間斷卦。何況手指對鍵盤全無感覺，算出鍵位在哪裡是一回事，手指尋找鍵位是另一回事，可能還需要不少工夫。對鍵盤的定位是最難的，前人沒有這方面的演算法，只能自己創新。我沒辦法做到。」

「哎，能算到五位數就可以了，那你就能登上甲等席了啊！」

兩個人說話的時候，已經有幾個飯店服務員搬進來一套桌椅放在主席臺旁邊，桌子上放了一台電腦。一個年輕的技術人員對電腦進行了設定之後，便手握遙控器，打開了會議廳投影裝置和臺前的大螢幕。

會場裡的每個人都能看到大螢幕上的一切，整個螢幕分成方方正正的四塊。左上角顯示的是鍵盤上的實際鍵位，技術員通過特殊控制器可以隨時改變鍵位，台下的人們可以在這裡清晰地看到鍵位變化；左下角是對鍵盤實際操作的投影，可以看到一張光禿禿無任何標記的鍵盤，還有鍵盤操作人的手指，以及他的每一個細微的動作；右上角是數位顯示和輸入顯示，右下角則是計時區。

一切安排妥當之後，林子紅猛地拍了一下桌子：「都給我安靜！」

話音剛落，台下頓時鴉雀無聲，眾人的眼光全都聚焦在林子紅一個人身上，看著他從主席臺上走下來，慢條斯理地在電腦前坐下。坐定之後他慵懶的模樣一下子全部改觀，整個人都煥發出百倍的精神。

他用黑布迅速地蒙上眼睛，輕輕地說了一句：「開始吧！」

會議廳的擴音器裡傳出「叮」的一聲輕響，人們的目光便全都轉移到大螢幕上。螢幕右上角，出現了數位27456380，數字下面是一個游標閃耀的輸入框；右下角，一個巨大的計時器在滴答轉動，下面用數位清晰地顯示著飛逝的時間，一秒，兩秒，三秒……。

一直到十五秒，林子紅的手指都沒有任何動作，就那麼呆呆地懸在鍵盤上方。十五秒之後，他的手指開始在鍵盤上遊動，似乎在尋找按鍵的位置。

計時器滴答作響，台下的人們緊張地注視著他螢幕上的手指，那遊動的手指卻始終沒有按下任何一個鍵。直到計時器數到第二十九秒，輸入框還是空的，一個數字都沒打出來。

還有最後一秒。

台下一片噓聲。

薛成英得意揚揚地坐在人群中間，嘴角露出一絲笑意。這個賭局，他贏定了。

徐沫影有點不敢相信自己的眼睛。就算八個位數打不出來，打出五個位數也可以，為什麼林子紅僵坐不動，一個數字都不打？

賀六陽坐在主席臺上，側著身體注視著螢幕上的一切，額頭上不禁滲出了細細的汗珠。林子紅能算出五個數字，這一定沒問題，能不能算出八位數真是個未知數，但是看眼前這個樣子，估計敗局已定。

如果林子紅輸了，他所制訂的有關萬易節的改革計畫就會全部崩盤。

吳琪皺著眉頭，低低地在賀六陽耳邊說道：「子紅這次大話說得太滿了，我也幫不了你啦。」

賀六陽無奈地從椅子上站起來，正準備宣佈林子紅失敗的時候，卻見螢幕上的手指突然動了！

就在最後的一秒鐘，林子紅突然飛速地敲打鍵盤，計時結束前的一瞬間，林子紅按下了最後一個鍵，會議廳裡響起電腦所發出的模擬人聲：

「半分鐘計時結束，要求輸入27456380，實際輸入27456380，核對完畢，完全正確！恭喜您成為甲等席貴賓！」

會場裡依然一片死寂。這一秒鐘，局勢扭轉得實在太快，所有人都呆住了。

薛成英的笑容一下子凝固在臉上，再也化解不開。

徐沫影一愣之後，由衷的驚喜和敬佩便襲上心頭，不禁大叫了一聲「好」，接著便使勁鼓掌。

會場裡的死寂被這突如其來的掌聲打破，掌聲便逐漸多起來，由稀疏到熱烈，終於匯成一股熱潮，將整個會場吞沒。

林子紅站起身來，長舒了一口氣，一把扯下臉上的黑布，晃著身體走回了主席臺。如果離得近一些，就能看到他鬢角上密密麻麻佈滿了在燈光下閃耀的細碎的汗珠。他往自己座位上面一坐，對賀六陽說道：「這是極限了，差點就栽了！」

賀六陽遞過一瓶礦泉水給他，重重地點了點頭：「我知道。兄弟，辛苦了！」

林子紅沒答話，也沒接水，扯過麥克風向台下望了一眼：「薛老先生，帶著你的兩個徒弟上來領牌子吧，廢話一句也別說，末等席！」

薛成英氣得臉色發青，嘴唇哆嗦著說不出話，兩個徒弟在左右安慰他。老爺子揮了揮手：「你們去吧，領牌子。」

賀六陽心裡明白得很，占卜界要改革，這樣倚老賣老的前輩應該整治，但他還是猶豫了一下，才狠了狠心，把三張末等席的牌子交到薛成英徒弟的手裡。畢竟，機會他給過了。

吳琪在一邊端坐看著，一言不發。林子紅做完了事情，便又一樣靠在椅子背上閉目養神，二郎腿幾乎翹到了桌子上。賀六陽向台下掃視了一眼，看了看手錶，十分嚴肅地說道：「現在開始測試，請各位抓緊時間，一個一個上臺。」

近三百人，每人三十秒鐘，全部測試完畢也要等到兩個半小時之後了。但沒想到的是，賀六陽話音剛落，會場裡便轟地站起來一百多人，紛紛喊道：「我棄權！」、「我退出測試！」、「我直接去末等席！」

不知道是自知能力不足還是故意跟賀六陽較勁，全場一半多人一齊宣佈棄權。

藍靈坐在那兒，朝師父和幾個師兄坐著的方向望過去，只見他們還穩穩當當地坐著，也就安了心，沒有站起來。畢竟，憑她的實力，測不測都多半會去末等席，倘若師父和師兄們放棄，那她也就想直接放棄算了。

徐沫影自然是不會放棄的，他對自己的實力多少有一點信心，至少，沒有上陣之前就繳械投降這種事情他做不到，怎麼也要摸摸那個鍵盤再說。

一見這麼多人站起來，林子紅突然笑了，他側過頭對賀六陽說道：「媽的，正合我意，省時省力！」

賀六陽臉色凝重，皺著眉頭盯著台下的人們，足足有一分多鐘，才輕輕地說了一句：「好吧，放棄的，都上來領牌子，沒放棄的，繼續！」

藍靈在下面看著湧上主席臺領牌子的人們，低聲說道：「如果我是薛成英這種人，以前每屆都是甲等席，現在一定不會棄權去末等席，直接帶著徒弟走人就是了，還參加什麼萬易節！」

徐沫影漫不經心地說道：「走了就什麼都沒了，留下來不管怎樣都還是占卜界核心人物，還有翻盤的機會。」

「翻盤？」

「對，翻盤。改革就是這樣，新勢力跟舊勢力總要較量一番。薛成英心裡一定也明白，好戲還在後面，哪能少了他？」

「我明白了！」藍靈恍然大悟地點了點頭，「還是沫影你聰明！」

兩個人正在下面聊天，卻聽到擴音器中又傳出了電腦發出的聲音：「半分鐘計時結束，要求輸入13546，實際輸入13546，核對完畢，完全正確！恭喜您成為甲等席貴賓！」

兩個人都是一愣，心想，誰這麼厲害，能完全打對測試的五位數？他們站起身，仔細往臺上打量，卻見一個頭髮花白矮矮胖胖的老人，正笑呵呵地扯下蒙住眼睛的黑布。那老人面孔白淨，一副笑容可掬的模樣，正由服務員指引著走向主席臺。

藍靈一見，不禁高興地跳起腳來，忙伸手拉了拉徐沫影的衣服，眉開眼笑地說道：「那是我師父，雅閒居士！我就知道，師父他老人家一定能上貴賓席！」

藍靈說話的時候，吳琪已經在臺上跟雅閒居士熱情地握手，並請他坐在了自己身邊，然後他拿過麥克風向大家宣佈：「各位，我們的甲等席上又多了一位貴客，這就是著名的雅閒居士！老居士今年八十六歲，已經成名六十年，近幾年一直隱居在北京郊區，沒想到今年肯賞臉來參加萬易節，大家鼓掌歡迎！」

台下頓時響起一片熱烈的掌聲，當然，藍靈鼓掌最起勁。徐沫影乾巴巴地拍了幾巴掌之後，傻愣愣地說道：「沒想到妳師父這麼厲害。」

「那當然，師父不厲害怎麼能做我的師父呢？」

「我的意思是說，為什麼妳師父這麼厲害而妳卻這麼笨？」

藍靈頓時臉紅，語塞，兩隻小手握緊了拳頭在徐沫影背上毫不客氣地捶了兩下。

這時候，人們正在陸續上臺進行分席測試。絕大多數面孔兩個人都不認識，只有藍靈的三個師兄、李夢臣和那位古丁古先生引起了他們的注意。藍靈的師兄們表現還算不錯，三師兄去了乙等席，大師兄和二師兄去了丙等席。而李夢臣和那位古丁先生，則非常不幸地淪落到了末等席。

無論如何，這些人能留下來都說明他們的確有真才實學。

「看來我以後要單獨行動了。」藍靈看著幾個師兄分別走向排定後的席位，沮喪地對徐沫影說道，「我一個人去末等席，跟古丁這種色狼在一塊。」

「不同席位的人不能在一起？」

「你看，服務人員在重新佈置現場，每個座位都貼上標籤，寫上每個人的名字和席位。甲等席在主席臺，乙等席在會場最前面，丙等席稍微靠後，末等席最後。席位分得清楚，估計待遇也是不同的，用餐也不在一起。」藍靈聳了聳肩，嘆一口氣，「唉，我死定了。」

徐沫影對這種過於嚴格的等級制度很不認同，看著忙忙碌碌的服務人員，他不禁皺了皺眉：「賀六陽為什麼要把席位分這麼清楚？把貴賓單獨列出去倒是可以理解，但下面的還要分三等，我就不明白了。」

「萬易節的一個主要目的就是給占卜界排位次、選領袖，分席制度可不是賀六陽首創的，歷屆都這麼做。甲等席是易協的核心人物，乙等席也會是易協的邊緣領導，丙等席是各地方易協的主要領導，末等席也有一部分會成為地方易協的理事。」

「原來是這樣！」徐沫影恍然大悟。

「待會兒你加把勁，盡力去丙等席，跟妳兩個師兄在一起。」

「嗯，你也要努力，甲等席可在等著你呢，當上易協領袖，就能好好地整治一下李夢

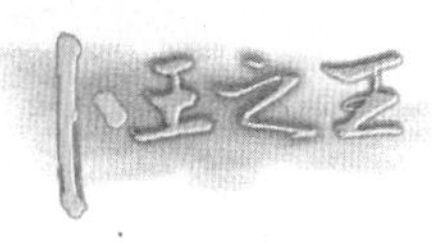

臣。」

兩個人在下面小聲商議著，會場裡還在不斷傳來對眾人的測試結果進行判定的聲音，多數人都去了末等席，能去丙等和乙等的已經是佼佼者，至於能被列為甲等的，除了藍靈的師父雅閒居士，只有兩個同樣年紀很大的老人，一直到最後，主席臺上的十個席位都還有四個是空著的。

全場沒有經過測試的，只剩下藍靈和徐沫影。

藍靈在眾目睽睽之下款步上臺，乾淨俐落地蒙上黑布，坐在電腦前面開始測算。對她來說，三十秒鐘實在過得太快了，她甚至連算數字的工作都完不成。畢竟，她學占卜這麼多年，大部分時間都在練習讀心術，蒙上眼睛之後，能力便大打折扣，最後，毫無頭緒之下，她咬了咬嘴唇，隨便輸了五位數進去。

「半分鐘計時結束，要求輸入67213，實際輸入40958，核對完畢，完全錯誤！請您進入末等席！」

聽完了判定，藍靈雖然覺得有些發窘，但還是面帶微笑款款地從臺上走下來，由服務員指引著走向末等席。遠遠地，她向徐沫影搖了搖頭。

徐沫影一路看著她走向末等席，極不情願地坐在了古丁旁邊，他突然覺得有些頭疼。這時正好有個女服務員從旁邊經過，他便伸胳臂攔住了她，急忙問道：「不同席的人，會議期間不能在一起嗎？」

女服務員十分恭敬地點了點頭：「是的先生。不同席的客人，吃飯、開會都不在一起，出去遊玩也不坐同一輛車。」

「哦，我知道了，謝謝！」

徐沫影不禁眉頭大皺。他扭過頭向藍靈的座位又看了一眼，卻見古丁正一臉淫笑地跟藍靈攀談，他覺得自己心裡一下子非常不是滋味。

擴音器裡傳來賀六陽的問話：「還有人沒經過測試的嗎？還有人嗎？」

徐沫影一驚，連忙從座位上站起來，舉手高喊了一聲「有」，便一路小跑奔向台前的電腦。

蒙上眼睛坐下來，他矛盾重重。讓藍靈一個人跟古丁、李夢臣這種敗類為伍，簡直就像羊入狼群，他怎麼能放心？不能在萬易節多接觸一下李夢臣，這不能不說也是一種遺憾。去甲等席，還是末等席？

不由得他多想，計時已經開始。在一片黑暗中，他聽到計時器的滴答聲之後，預測的本能讓他暫時放下了心中的苦惱，全心投入到測算中去。

滴答，滴答……大腦在飛速運轉。

第一個數出來了，第二個數，第三個數……OK，五個數字都出來了，是41962。然後是鍵盤定位，4在這邊，不，往右一寸，1在4的下方一寸半，然後是9……6在這，2也找到了……太好了！五個位數鍵定位全部完成，還有五秒，準備按鍵。

徐沫影的五個手指頭懸停在五個數字鍵的上方，在按下去的前一刻，竟突然靜止不動。

他在想，到底應不應該丟下藍靈？

甲等席，風光無限，也可以借此一步登天，爬上占卜領袖的位子；末等席，萬易節的末流客人，注定了默默無聞。

名譽和地位無疑是重要的，但對他來說，顯然不是最重要的。那到底什麼更重要？他用五秒鐘來思考這個問題。

5，4，3，2，1……

隨著「叮噹」一聲鈴響，徐沫影木木然從椅子上站起來，伸手扯下頭上的黑布，徑直下臺走向藍靈所在的末等席。

他沒看到，主席臺上的林子紅正一臉詫異地盯著他。

「半分鐘計時結束，要求輸入41962，實際輸入空，核對完畢，完全錯誤！請您進入末等席！」

當徐沫影在藍靈身邊坐下來，一雙溫暖的小手悄悄伸過來，緊緊握住了他的右手，耳邊是藍靈溫柔的悄聲細語：「我很高興，你能為我這麼做。」

徐沫影沉默地閉上眼睛，向後一仰，靠在冰涼的椅子背上。

第六章　強盜的邏輯

整個上午，排席位，吃早飯，主席臺上幾個領袖人物每個人又說了幾句話，大致是回首一年往事、縱覽占卜界風雲、展望美好未來、占卜界百廢待興之類。特別是新上臺的三位老先生，話說得最多，話鋒之中，常有譏諷賀六陽等人不自量力擅自改革的意思。賀六陽對此置若罔聞，他知道這些人既有能力又有名望，沒有人能壓得住。林子紅一直就那樣鬆鬆垮垮地坐著，閉目養神，輪到他講話的時候，他只講了一句：「我一向信奉一句話——感情用事的人最沒出息！我是個粗人，不會說別的，就把這句話送給各位！」

會場內響起的虛偽的掌聲讓徐沫影很不舒服。這句話就好像長了眼睛的長矛，鋒頭毫不留情地指向自己；他本來心情就不大好，聽了林子紅的話表面裝作蠻不在乎，心裡卻悶悶不樂。藍靈也同樣心事重重，聽領袖們講著話，時不時地向身邊的徐沫影瞄上幾眼。

大概十一點鐘的時候，會議暫時告一段落，本來午餐是統一安排好的，但徐沫影站起來剛要隨眾人走向餐廳，卻被藍靈一把拉住了。

「沫影你等一下，師父要單獨請我們吃飯，我們不去餐廳了。」藍靈仰起頭，望著他的眼睛，目光裡滿是期待。

徐沫影怔怔地看著她：「妳師父現在是甲等席的貴賓，竟然還會放棄跟領袖們一起用餐

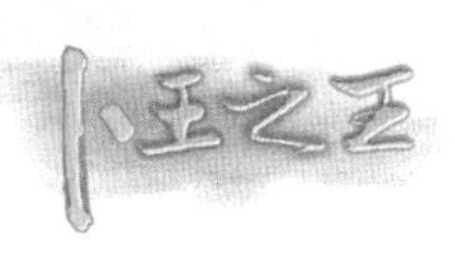

的機會請我吃飯？」

藍靈一笑：「是啊，這我們早就商量好了的。跟我走吧！」說著，她拉起徐沫影的手，興高采烈地走向會場前面。會場裡，用餐的人們正如潮水般退去，只剩幾個人在座位上，像退潮時被海水丟棄在沙灘上的貝殼。藍靈的三個師兄正站在最前面的通道邊緣，側身望著他們。

雅閒居士收徒很晚，並且弟子不多，包括藍靈，平生只教授過四個弟子。大徒弟三十多歲，二徒弟和三徒弟也近三十歲了，藍靈最小，才二十出頭，也最受寵愛。

藍靈拉著徐沫影走到三個師兄面前，像百靈鳥一樣歡快地介紹道：「這就是徐沫影，我的，呃，我的同事。沫影，這是我大師兄齊萬甲，是河北易協副會長，這是我二師兄文泰，現在也在北京，現任北京易協理事，這個是我三師兄趙元亨，名字不錯吧？『元亨利貞』的『元亨』，他現在是美國華僑呢，為了參加萬易節特地從海外趕回來的。」

徐沫影跟三個人一一握手打招呼。齊萬甲和文泰對徐沫影頗為冷淡，一副愛理不理的模樣，而趙元亨則顯得熱情很多。這人年紀雖然不大，但已經位列乙等席，長得一副老成持重的樣子，也十分對徐沫影的味。

「靈兒，我們沒聽錯吧？就是他拆了妳二師兄的臺子？」齊萬甲冷冷地瞟了徐沫影一眼，向藍靈問道。

「都是過去的事了，師父都說不計較了，你們還計較什麼？」藍靈小嘴一撇，問道，

「師父呢？不是說要請沫影吃飯嗎？」

齊萬甲撇了撇嘴：「師父現在忙得很，怎麼會有時間請一個末等席的小輩吃飯？」

趙元亨見局面尷尬，連忙過來說道：「靈兒，大師兄在逗你們玩呢，師父說讓我們幾個先陪徐老弟，他一會兒就來。」

齊萬甲不耐煩地揮了揮手：「我沒工夫逗他玩，師父寬宏大量不計前嫌，我可沒那麼大的胸襟。藍靈啊，妳不是跟師父說，這小子比我們三個都強嗎？怎麼強到末等席去了？」

藍靈氣得面紅耳赤，怒氣衝衝地說道：「大師兄，末等席怎麼了？我也是末等席，是不是你就不認我這個師妹了？」

儘管意識到自己說錯了話，齊萬甲還是死撐著面子：「妳是小師妹，是師父的徒弟，他跟我們有什麼關係？」

「你就是瞧不起人！你自己也不過是個丙等席，難道還比末等席強多少嗎？師兄，我尊敬你是師兄，但你可以尊重一下別人嗎？」

藍靈也不知哪來那麼大的火氣，突然就爆發了。

「行了，都別說了！」趙元亨大聲叫了一嗓子，拉住了齊萬甲，「消消火吧師兄，師父都吩咐過了，我們就照師父吩咐的去做就行了。」

徐沫影也攔在了藍靈面前，皺著眉頭看了看她，低聲說道：「怎麼說他也是妳大師兄，妳不該發這麼大火氣。」頓了頓，他輕輕嘆了口氣：「再說，他說的也沒錯，我確實是末等

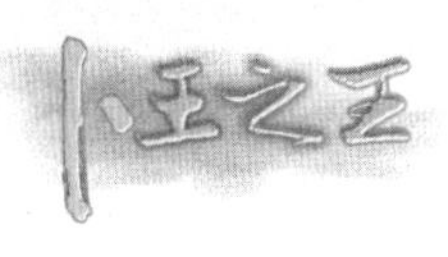

席。」

藍靈也壓低了聲音對他說道：「我跟著師父學習的時候他早就出師了，我們沒見過幾面，我就是討厭他那副瞧不起人的樣子。再說，你去末等席是為了我，你被人瞧不起，都是我害的，我就是看不過去。」

「沒什麼。」徐沫影咧嘴一笑說道：「妳知道我一向不看重名利，去什麼席位都無所謂的。」

這時候，一直在一旁靜默著沒有出聲的文泰突然說道：「你們不餓我肚子可是餓了，飯桌上再說吧！」

說完，他轉過身，徑直向會議大廳門口走去。

大廳裡除了幾個做清掃工作的服務人員，差不多已經走光了，只剩下他們這幾個人。

趙元亨見文泰走了，扭頭對徐沫影憨憨地一笑，說道：「徐老弟，我們的大師兄就是說話太直，其實人很好的。他只是還想著上次白雲酒店那點事，你別介意，我們一起吃頓飯，就什麼事情都化解了。走吧兄弟，賞個臉吧！」

趙元亨說話還算圓滿，徐沫影不好推脫，再加上確實想見見藍靈的師父，因此就點了點頭。

齊萬甲哼了一聲，沒再說話，轉過身緊隨著文泰走了。趙元亨帶著藍靈和徐沫影跟在後面，出會議廳，下樓，出了飯店大門進了一家餐廳。

餐廳不大，但是乾淨整潔，透過明鏡般的窗子能看到山坡上鬱鬱蔥蔥的林木，可以邊吃飯邊欣賞山上的風景。幾個人要了一個包廂進去坐下來，文泰面無表情點了一堆菜，然後把菜單往桌上一扔，冷冷地看了徐沫影一眼，問道：「徐先生，其實呢，我們幾個叫你來是有件事情想跟你商量。」

這並不在徐沫影的預料之外，他笑了笑問道：「什麼事?你說吧!」

「做我們這行的最重名聲。」文泰的目光像釘子一樣釘在徐沫影的臉上，「因為名聲就是財源，損壞別人的名聲就是與人為敵。在我們這個圈子裡面，風水鬥法是第一大忌。行家設了局改了風水，不上道的過來破解，那是不懂事的三腳貓才做的事情，為了那一點點臭錢，不值得。你明白我的話吧?」

徐沫影當然明白，話說得再清楚不過了。白雲酒店那件事狠狠地撕下了幾位大師的自尊，人家借機會警告他也是必然的。他臉上依然掛著淺淺的笑意，說道：「我明白。但是我們學占卜風水，總不該直接去損害別人的利益或破壞自然的機制。風水布局不就是破壞了原本的公平競爭?」

徐沫影剛剛說完，齊萬甲便冷冷地哼了一聲：「把大道理都收回去，這不是你教訓人的地方。」

文泰向師兄擺手示意，不動聲色地說道：「商業的事情我們不管，我們只談圈子裡的規矩。我只知道你破壞了規矩。」他說話聲音緩慢低沉，頓了頓，聲音又抬高了些許，「當然

了，今天主要不是為了這件事。我們提這個事是想警告你一下，做人要低調，尤其是剛進這個圈子。這裡大樹很多，你得學會繞著走，不然會撞個鼻青臉腫。」

「二師兄，你們夠了沒有？」藍靈實在聽不下去，突然從椅子上站了起來，「難道叫我們過來就是聽你們說這些？我要打電話叫師父過來！」

趙元亨離藍靈最近，伸手扯了扯她的裙子，示意她坐下並說道：「師父很快就過來了，靈兒不用急，二師兄其實也是好意，有些圈子裡的規矩，有必要提一提。」

藍靈氣呼呼地坐下來，問道：「如果這是好意，那真謝謝你們了，可是我真不想聽到這些，你們叫我帶沫影過來見面，難道就不能說點別的嗎？師父不是說這件事不再追究了嗎？」

「對，這件事就這麼過去了，都不用再提了！」趙元亨連忙對二師兄使了個眼色。

齊萬甲冷笑道：「不提可以，但他一定要道歉！衝著我們師父的名氣，也沒人敢跟我們這麼對幹過，我們也從來沒這麼栽過。老三你在國外，國內的事情你不要管。」

徐沫影聽著幾個人的話，越聽越覺得滑稽可笑，索性轉身向門外招呼了一下服務員：「服務員，先給我們上壺茶！」七月酷暑，他確實有些口乾舌燥。

「靠！你到底有沒有聽我們說話？」齊萬甲按捺不住，禁不住拍了一下桌子。

「有在聽。」徐沫影點頭一笑，「你們說吧，要我怎麼做？」

齊萬甲跟文泰對望一眼：「表個態吧！」

「好吧，如果我說自己沒錯，那你們一定仍然沒完沒了，那我就道個歉。但事先我要說明，首先這件事跟藍靈沒有任何關係，你們的小師妹毫不知情，所以，別把火氣發在她身上，有什麼都衝著我來。再者，這打架罵人的，你踢別人一腳罵別人一句，應該意識到別人也有權利還給你一腳罵你一句，你斷了別人的財路，搶了別人的財產，還指望人家不聲不響任你宰割，這強盜做得就有點太異想天開了。」

徐沫影說到這裡，服務員正好送了一壺茶進來，他便接過茶壺，欠身給齊萬甲倒茶，邊倒邊說道：「所以說，你們不適合做強盜。話說多了，我給各位師兄倒杯茶，就算賠個不是，給各位降降火氣。」

徐沫影剛剛把茶倒好，卻見齊萬甲一拍桌子站起來，抄起茶碗，手一抖，一杯熱茶便劈頭蓋臉向徐沫影潑過來。徐沫影早有準備，一側頭，那茶便潑了個空，一滴不剩都撒在了身後的牆壁上。那牆壁馬上冒起了熱騰騰的白氣。

藍靈突地站起身，抓住徐沫影的胳臂，側頭去看他的臉，關切地問道：「沫影，有沒有燙到？」

徐沫影放下茶壺，搖了搖頭：「沒事。」

藍靈轉過臉望向齊萬甲，眼光兇狠得嚇人：「你們，你們太欺負人了！沫影他說的沒錯，你們就是一群強盜，不講道理的強盜！這頓飯沒辦法繼續吃了！」

說完，也不等對方回答，她轉身拉了徐沫影的手便往外走：「沫影，我們走！」

「好好，我們就是強盜，有本事妳就別認我們這些強盜作師兄！」齊萬甲怒不可遏地在後面嚷道。

「好了，少說兩句。」趙元亨緊皺著眉頭站起來，趕緊向藍靈說道：「靈兒別走，師父馬上就來了，難道妳不想見師父嗎？」

「師父我們一定要見，但不是跟你們一起！我這就去找師父問個清楚！」甩下這句話，藍靈便拉著徐沫影出了房間，匆匆地下了樓。

徐沫影看到藍靈怒氣衝衝的樣子，忽然覺得很愧疚。他故意激怒齊萬甲，以便能從飯桌上逃開，但是看到藍靈跟三位師兄反目，又覺得對不起她。走在回飯店的路上，他低聲對藍靈說道：「害妳跟師兄們翻臉，我很抱歉。」

「不，」藍靈停下腳步，滿眼愧疚地看著他，「這件事情都怪我，我原以為他們會就這樣算了，真不知道會搞成這樣。你說的沒錯，我現在想明白了，他們就是一群強盜。」

「畢竟都是妳師兄，別跟他們鬧得太凶，不然妳師父那邊也不好交代。」

「放心吧，師父很寵愛我的。其實，我本來是想藉這次吃飯的機會告訴師父，你有實力去甲等席的。我不能讓你為我耽誤了自己的前程，雖然我很高興你這麼做。」藍靈幽幽地嘆了口氣。

「可能，是因為我去了末等席吧！」徐沫影苦笑。

「但你不該待在末等席的！」藍靈搖了搖頭，「難道他們都沒長眼睛嗎？當時你在上面

操作，螢幕上顯示你的手指和鍵盤的真實鍵位，我清楚地看到你手指都已經懸在鍵位上了，只是沒有按下去而已。」

「妳知道這些，是因為妳關注我並相信我，那些人未必注意到我的手指，更不會相信我能找到那些數字。」徐沫影嘆了一口氣，「回飯店餐廳吧！吃飯時間還沒過，我可是真的餓了。」

「你自己先去吧，我要去找師父，我要說明這一切！」

說完，藍靈不顧徐沫影的勸阻，邁開腳步，逕自走進了飯店。

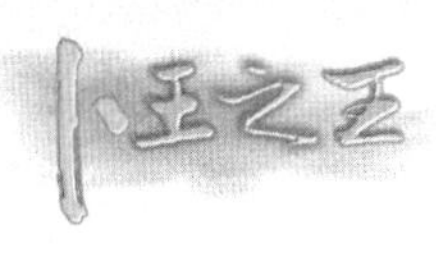

第七章　靈覺甦醒

徐沫影打消了見雅閒居士的念頭，一個靠讀心術起家的人，恐怕不怎麼重視道德。「望重」也就罷了，說什麼也談不上「德高」的吧？單看他的幾個徒弟，大弟子專橫跋扈，不過是個莽夫，二弟子陰騺冷酷，是個唯利是圖的小人，三弟子為人還算和氣，但也不知道真正是個什麼樣子。至於藍靈，他最瞭解不過了，這丫頭雖然沒什麼壞心眼，卻也是能蒙則蒙，能騙則騙，在金錢問題上一點都不含糊。從這幾個弟子身上，就可以想見雅閒本人是如何了。

徐沫影走進末等席的專用餐廳，一眼就看到了李夢臣。這張桌子沒幾個人，桌子上的飯菜還沒動過，徐沫影毫不猶豫地走過去，坐在了李夢臣身邊。

「前輩，想不到又見面了。」徐沫影一面伸手拿碗筷，一面對李夢臣說道。

李夢臣看到是他，先是一愣，隨後便咧嘴笑道：「嘿嘿，同會同席，可算是有緣分哪！」

「能跟京城響噹噹的頭號卜王同席，晚輩真是覺得榮幸得很。」

李夢臣臉一紅，憤憤地說道：「我擅長的是八字，六爻非我所長，不然也不會淪落到末席。前幾年萬易節，都能坐個乙等席，本來想我今年知名度大增風頭正盛，應該能混個甲等席，想不到制度變了。該死的賀六陽！」

徐沫影聽他這樣一說，本來恨恨的心裡憑空生出幾分同情，一面吃飯一面問道：「您那幾位高徒呢？怎麼沒見他們？」

「別提了！我那幾個徒弟連我的一半都比不上，自然都被攆回去了。跟你比過那一次之後，我算是看明白了，確實是人外有人，天外有天。你年紀輕輕，能有這番造詣，今後大有可為啊！」

沒想到李夢臣一改往日那副倨傲的嘴臉，竟跟徐沫影傾心相談，或許是因為這裡的高手實在太多，也或許是因為害過徐沫影而產生了內疚。徐沫影心裡思量著，笑了笑，低聲說道：「能得到前輩賞識，真是晚輩的榮幸。不過，我有個問題憋在心裡很久了，一直想找您問問清楚，只是一直也沒找到機會。」

李夢臣一愣：「什麼問題？」

徐沫影心中暗罵，這老狐狸真狡猾，還裝！

「我們較量技藝的那天下午，您做過什麼虧心事沒有？」

李夢臣把筷子一摔，眼一瞪：「你什麼意思？」

「開車撞我跟我的女朋友，不是你指使的？」

李夢臣似乎明白了怎麼回事，俯下身，低聲說道：「我不知道發生了什麼，但是我告訴你，我李夢臣縱使騙人蒙人但從不殺人害人，更不會為了那區區十萬塊錢殺人。生意好的時

候，我一天就能賺十幾萬，十萬塊錢在我眼裡算個屁！」

「不是你？」

「真的不是我。」

徐沫影心裡突然空了，看李夢臣說話的語氣神態，他相信十有八九他確實不是兇手，雖然他不會讀心術，但他知道眼神騙不了人。可是，他不明白，除了李夢臣，還會有人要對他下毒手，難道，僅僅是因為屍靈子設下的劫難，那汽車就毫沒來由地撞向自己？這也不對啊，若說這只是一場意外事故，肇事汽車氣場的遮罩又怎麼解釋？

徐沫影呆呆地愣了一會兒，再也無心吃飯，放下筷子站起身，一言不發地走出了餐廳。走廊上有兩個中年人聊著天，經過時他無意中聽到了幾句，大意是說，甲等席上的六位領袖在飯桌上吵了起來，以雅閒居士為首的三個元老反對賀六陽三人的革新意見，主張請資歷老有聲望的人主持萬易節和協會的運作，六位領袖的關係基本已經決裂，新派和老派的對立已經形成。

一個人說道：「吳琪頂不住壓力，宣佈中立了。新老兩派是二對三的局面，賀六陽的勢力可是岌岌可危啊！」

另一個也說道：「賀六陽選錯了時間，也選錯了幫手。那吳琪本就是個騎牆派，能幫助他們把大旗舉起來就不錯了，想讓他衝鋒陷陣那就錯了。林子紅這人大老粗，技術很厲害，但談判交際手腕很糟糕，幫不上大忙。」

「說到底還是年輕一輩勢力太弱，少數幾個高手頭上都有師尊老爺子盯著，也站不到賀六陽那邊去。」

「這占卜啊，就跟那京劇一樣，一輩不如一輩。」

「可不是嗎？我們老祖宗的玩意兒好多都失傳了，年輕人對西洋占星術更感興趣。你看看，現在哪個女孩子不迷星座……」

徐沫影站在走廊裡，看著兩個人漸漸走遠，直到聲音在走廊裡消失，他們所說的這些，徐沫影早有預料，改革總會遭受阻力。在他心裡，當然傾向於賀六陽和林子紅一邊。以功力測驗的結果定排名地位，確實更公正，更能有效地杜絕占卜騙子橫行的情況，但中國的傳統向來就以名望與資歷論輩分，才能在多數情況下只是一種附庸品。自來不光是占卜界有騙子，社會到處都是騙子。騙子，是適者生存的產物。

徐沫影進到自己房間，午休時間，他剛剛在床上一躺，便忽然想起了從李淳風墓中取來的那兩本書，一本是《五行秘占》，另一本叫做《靈覺精要》。前者講的是化氣，當然，這個名詞來自於屍靈子；後者講的似乎是一種奇妙的感覺。他曾經在飛機上翻過一下，但沒有仔細讀下去，現在終於有了時間，他起身從自己的包裡把那本《靈覺精要》拿出來，坐在窗前，輕輕地翻開了第一頁，讀下去：

五行織羅，乃有乾坤。天地交感，萬物生焉。人涉於山水，或履於平地，或居於洞穴，

無不被五行之靈氣也，蓋因其無形無體，無色無味，不可辨識。亦嘗有聰敏者，心胸亂而覺天雨雪，骨肉悲而知遠親喪，奇之，謂之曰怪力亂神。是故，天地之間，隱有靈氣，五感之外，尚存靈覺……

儘管是文言文，但簡單明瞭，大意是說天地間充斥著五行之氣，無論人身在何處，都會被五行氣息所包圍，但這種氣息無形無體無色無味，因此一般人難以察覺。其實，這說的就是氣場。下面幾句是說，有些感覺靈敏的人一旦心煩意亂就知道天候要變，一旦心驚肉跳就知道有親人出事，因此李淳風得出結論，天地之間有五行靈氣存在，人除了五感，也還有第六種感知能力，而這種感知能力與五行靈氣息息相關，他稱之為「靈覺」。

徐沫影看到這裡，一下子便把自己的味覺混亂，想起了占卜詛咒可使人喪失五感之一的推測。這書所記述的內容，似乎與這些很有些關係。他急忙坐直了身體，平靜了一下心神繼續讀下去。

他驚喜地發現，書中所講述的靈覺跟現代人們常說的「第六感」極為相似。

所謂第六感，亦有人稱之為「超感覺」。很多人生活中往往會有一些驚奇的體驗，像夢到的事情會在現實中發生，像在到達一個陌生地方或者經歷過一件事之後會覺得這場景和事情似曾相識。有些人第六感強一些，有些人則偏弱，甚至窮其一生都感覺不到第六感的存在。徐沫影跟藍靈第一次淋雨的那個下午，他的心慌便是一種第六感的體驗。

當然，第六感絕不僅僅是這些而已。美國一個叫斯萬的人，具有透視世界各地的能力，他甚至可以坐在洛杉磯的家裡繪出美國在印度洋某海島上的秘密基地，比偵察衛星拍攝的照片還要精確。他還準確無誤地判斷出了美國國內導彈基地的位置，使軍方目瞪口呆。

這些奇異的感知能力，一般人是感受不到的，徐沫影也沒有。而這本《靈覺精要》將這種靈覺，也就是第六感闡述得面面俱到，並將其歸結為五行氣場與人的靈體相互溝通的結果，只不過李淳風並沒有意識到靈體的存在，而依然稱靈體為魂魄。

又翻看了幾頁，徐沫影便知道，自己得到了一本天書般的秘笈。

書的前半部分講述靈覺的現象和根本來源，而後半部分則花費大量篇幅詳細介紹如何讓自己的靈體與氣場相溝通，也就是讓自己產生靈覺的方法。這種方法並不簡單，極少有人能夠使用，因為需要有爐火純青的占卜功力以及縝密的思路，然而幸運的是，徐沫影恰好是同時具備這兩個條件的人。

事實上，即使拿不到這本書，憑藉徐沫影現在的能力和天分，也很有可能領悟到這些東西。

初到長松山的那一晚，徐沫影曾在星月無光的條件下在山上來回穿梭，靠的是大腦中一刻不停歇的精確計算。在那時候，他等於蒙上眼睛在山石叢林中奔跑，而他的計算幫助他看到了障礙物大致位置以及應該行走的方向。但是計算速度再快那終究也只是一系列的計算，無法完整地代替視覺或者聽覺，更無法稱為一種感覺。

然而，無限的點連接起來就會變成一條線，技術的頂峰往往帶來一種感覺，像庖丁解牛遊刃有餘即是一種。而占卜的頂峰，便是這種神奇的感知能力，靈覺！

問題在於，如何把點連成線？

徐沫影帶著激動的心情讀完有關開啟靈覺的敘述，不禁躍躍欲試。趕緊起來鎖上房門，並把請勿打擾的牌子掛上門外。接著回到窗前端正地坐好，閉上眼睛，平靜一下心思，按照書的方法開始測算，尋找能釋放靈覺的空間點。

當你的筆尖直直向紙面戳下去的時候，你只能畫出一個小小的點，但當你將筆縱向拉動的時候，你就會創造一條線。點跟線的區別，只是用力的方向不同。

道理是一樣的。瞄準一個占卜思維的方位，就能引發自己的靈覺，當然，前提是你的大腦裡已經對占卜有足夠的熟練度，熟練到那已經化成你身體的一部分。

十幾分鐘之後，徐沫影感受到了一個奇妙的世界。

有各種奇妙的聲音在他的腦海中。漸漸地，黑暗中現出光亮，他清晰地看到了自己的房間，但這房間的樣子差點讓他認不出來，因為整間屋子裡都交織著各種顏色的光線，它們飄飄搖搖，或上浮下沉，或直或曲，或粗或細。他隱約感受到，這是氣場，而他透過靈覺感受到了氣場的存在。

很快，他發現自己有一個「感覺點」，可以透過移動自己的感覺點去感知不同的事物。

他將「感覺點」移到盤子上，感知到盤子底部貼著一個標籤，上面印有「東坡賓館」的字樣。試著將「感覺點」穿透那扇門的時候，他徹底知道了那門的木料結構。

「感覺點」就像他的眼睛，當然他感覺到的東西並不是視力所及。「感覺點」就像一盞微弱的蠟燭，可以照亮一個小區域，在那個小區域裡你選擇自己要知道的或不想知道的東西。

好比你起了一卦，卦象裡顯示著繁雜的資訊，你可以選擇不同的「用神」，從不同角度去解讀這一卦。但比較起來靈覺更加敏銳更加節省腦力。

徐沫影知道一個年輕漂亮的女服務員正在外面走廊上，心裡在抱怨著客人的挑剔與多事。

他也知道相隔十幾個房間之外，一個中年男人的鼾聲大作吵得四鄰不安。

他知道藍靈正坐在樓上的某個房間裡，跟她的師父雅閒居士促膝交談。他將「感覺點」迅速地穿越樓層挪進了藍靈所在的房間，然後，他清晰地聽到了他們的對話：

「師父，沫影他真的有能力去甲等席。您難道也沒注意到嗎？」

「他上臺測試的時候吳琪正在跟我說話，再說，在主席臺上看大螢幕也不方便。」

「這麼說，您是沒看到了。可是我說的都是真的，您要是不信，可以叫他過來，您親自考考他。」

「好了好了，我知道啦！怎麼說他也是我寶貝徒弟的意中人，有時間我會見見他的。其實今天中午本就想過去見見，可是發生了點事情，耽誤了。」

「那，上次風水鬥法的事，您原諒他了嗎？」

「那件事情還提它幹什麼？妳師父是那麼心胸狹窄的人嗎？芝麻大的一點小事，我早就忘了！」

……

徐沫影將「感覺點」移近了雅閒居士，「聽」到他在心裡說道：「藍靈這丫頭怎麼會迷上了這個窮小子，難道真的像她說的，那個小子為了她放棄了甲等席？看來我還真得找機會試探試探他。如果他沒什麼本事，就必須想辦法拆散他們。我這個如花似玉的女徒弟應該嫁一個對我有幫助的人，可是大徒弟和三徒弟也對藍靈這丫頭有意思，真是好棘手的一件事啊……」

徐沫影無意中窺見了雅閒居士的內心世界，他心中一亂，心思便跟不上，靈覺自然也就關閉了。他緩緩睜開眼睛，房間還是自己的房間，窗明几淨，窗外是一片青鬱的山巒。

他伸手拿起那本書，翻到了未曾閱讀的最後一頁，一行古體小字映入了他的眼睛：

「習方術而開靈覺者，五感必去其一。」

第八章　實力的證明

五感去其一，這在徐沫影的意料之中，沒什麼好大驚小怪。早在靈覺開放之前，他已經因為學易而導致味覺混亂，現在靈覺開放，自己達到了占卜預測的極致，味覺徹底消失再正常不過了。

用味覺換靈覺，這個交易還是相當划算的，雖然今後喪失了對美食的鑑賞能力，但這對他來說原本就可有可無。

一個吃飯穿衣極不講究的人，還指望他對自己味覺的喪失扼腕痛惜嗎？

他覺得有些頭昏腦漲，靈覺打開使用了他大量的腦力，他合上書，起身把書放好，一頭倒在床上，很快便沉沉睡去。

醒來的時候，房間裡的光線有些暗淡，外面有人正在輕輕地敲門，徐沫影揉了揉眼睛看了看表，時間竟然已經是下午六點。他整整睡掉了四個小時，睡掉了一下午的會議時間。外面，藍靈的聲音透過房門傳進來：「沫影你在嗎？」

徐沫影趕忙翻身下床，拖著鞋子跑過去打開了門。只見藍靈穿一身天藍色裙裝，正無比妖嬌地站在門外，詫異地看著他。

「沫影，你今天下午怎麼沒去開會？身體不舒服嗎？我中午跟師父談過了之後直接去會

議大廳，結果你都不在。」

徐沫影不好意思地笑了笑：「沒事，就是一不小心睡過了頭。」

「睡過了頭？你不像這麼能睡的人啊，不會是一個人出去遊山玩水了吧？」藍靈逕自走進了屋子，看了看凌亂的床頭，又在屋子裡轉了一圈，突然愣了一下，然後快步走到窗臺邊上，轉身問道：「這是什麼？」

徐沫影一怔，順著她指的方向看過去，才發現窗臺上放著一束紅豔豔的玫瑰花。

誰放的？什麼時候放的？他完全不知道。睡覺前他就坐在窗前看書，並沒有發現這束花，那一定是睡覺期間放在這的，可是房門緊鎖，任誰也不可能進來。難道有人爬上二樓的窗戶，進來把花放在這裡？這種可能性就更小了。

徐沫影疑惑地搖了搖頭：「不知道是誰放在這的，我也是剛剛看到。」

「真的？」

見藍靈眼中亮起一片黑色的火焰，他毫不猶豫地向她直視過去。讀心術，這個時候反而能幫自己洗清冤屈。目光相接之後，藍靈的臉色果然好轉了很多，嫵媚地一笑，略帶歉意地說道：「我不應該懷疑你。」

「沒關係。」徐沫影笑道，「我有時候自己都懷疑自己，是不是睡覺的時候做了什麼見不得人的事情。」

「你猜，會不會是碧凝？」藍靈思索了一下問道。

「很有可能。她不是也是學易的嗎，也來參加萬易節了吧？」

「但是我沒在會議上見過她。」

「呵，她總是這樣，神秘兮兮的。」徐沫影其實很想用靈覺探查一下人在不在這附近，但藍靈在場，心想還是留待一個人的時候再說吧。他岔開話題問道：「今天下午的會議都講了什麼？」

「還說呢，你可是錯過了一場好戲！」藍靈在床邊坐下來，開心地笑道，「下午本來是安排幾位大師做學術報告的，結果卻爭論起席位制度的事情，新老兩派鬧得不可開交，差點當場動手打起來呢！」

「是嗎？快說一說，爭論的結果怎麼樣？」徐沫影更關心這個問題。

「沒什麼結果。不過在我師父的一再堅持下，明天上午進行大會投票，民主決定實行哪種分席制度。我看哪，新派的支持者太少，明天一投票，就全是老派的天下了。」

徐沫影不禁有幾分失望，訥訥地問道：「妳希望實行哪種制度？」

藍靈猶豫了一下：「按照老制度，我是甲等席元老的徒弟，會坐到乙等席，但你的席位會靠後；按照新制度，你有實力坐到甲等席的。我只希望，你能夠出人頭地，我自己在哪都無所謂的。」

藍靈仰起臉看著徐沫影，莞爾一笑：「別為我擔心，我師父在上面，古丁那種小輩哪敢動我一個手指頭？你不知道，今天下午啊，那個癩蛤蟆一直在我旁邊巴結我呢！」

說著說著，藍靈忍不住咯咯地笑起來。

「最好還是離那種人遠一點，現在他是想攀著妳往上爬，不知道什麼時候就會反咬妳一口。」

「我知道，我才不理他呢！沫影你聽我說，我中午向師父問過了，他說晚飯後叫我帶你過去見他，他要考考你，看看你的實力。你可要抓住機會，好好表現一下！」

「那好吧。」徐沫影對雅閒居士的好印象已經蕩然無存，但想到藍靈為自己說盡好話才給自己贏得一個表現機會，便勉為其難地答應下來。

藍靈看到徐沫影表情不對，問道：「怎麼了沫影，你不樂意見我師父嗎？」

「不是，我只是突然想起一個問題。」徐沫影確實是想到了一個問題，低聲問道：「妳知不知道，妳兩個師兄喜歡妳？」

藍靈聽了一點都不覺得奇怪，笑道：「我以為你想到了什麼問題呢！我兩個師兄喜歡我，我早就知道了。大師兄很早就向我表白了，只是我實在不喜歡他那副狗仗人勢的鬼樣子。師父的威望是師父的，又不是他的，老是掛在嘴邊幹什麼？至於我那個三師兄，人太窩囊了，跟個好好先生一樣，見人就巴結，沒個性，我不喜歡！」

說到這，藍靈似乎覺得不對勁，詫異地問道：「這些你怎麼知道的？」

「我猜的。」徐沫影笑道，「妳大師兄今天中午發脾氣，恐怕不全是因為風水鬥法的事吧？」

藍靈不禁有些發窘，輕輕地道：「也許，是因為之前我說過喜歡你的緣故吧！不用理他，他永遠都是那種小家子氣的德行。」

「師兄畢竟是師兄，不要老是這樣說他。對了，喵喵那小東西呢，怎麼沒跟著妳？是不是又跑了？」

「哦，牠在我房間玩呢！」藍靈說著，站起身來，從腰間接下來一個拇指肚大小的金屬名牌，遞給徐沫影，「這是那小東西玩夠了丟在我身上的，也不知道是什麼。你看看！」

徐沫影疑惑地接過牌子，卻見那牌子呈金黃色，上面非常精細地刻著一個鏤空的八卦圖文。他不禁再次想到了碧凝。

在長松山，徐沫影看到碧凝身上也掛著這樣一個東西，同樣的金屬小牌，刻著同樣的鏤空八卦。他抬起頭，看了藍靈一眼，問道：「這個東西喵喵什麼時候給妳的？牠之前接觸過誰沒有？」

「下午在會場裡丟給我的。之前除了見過林子紅之外，牠就一直跟著我，沒去過別的地方。怎麼了？」

「我懷疑這是喵喵偷來的，說不定就是從林子紅身上偷來的。」

藍靈一聽不禁笑起來：「那找時間去找林子紅問問，看是不是他丟的，也好還給人家。這個精靈古怪的小東西，老是給我們找麻煩！」

兩個人出了徐沫影房間，上樓去餐廳吃了個晚飯。吃飯的時候，藍靈不停地給徐沫影夾菜，表現得無比親暱，一百多雙眼睛都被他們所在的飯桌吸引了過去。經過一天的會議，藍靈已經被默認為本屆萬易節第一美女，成為無數未婚占卜師的傾慕對象，而顯然的被藍靈所垂青的徐沫影，也就當仁不讓地成了眾矢之的。

無論徐沫影認可不認可，紅顏禍水這個詞讓他不得不相信女人的力量。

正在他一面吃飯，一面為如何向藍靈講清自己的感情歸屬而發愁的時候，一個高大英俊的年輕人坐在了藍靈的另一側，彬彬有禮地問道：「藍小姐，我能坐在這嗎？」

藍靈抬起頭打量了來人一眼。白皙的面孔，明亮的眼睛，挺直的鼻梁，的確是個難得一見的帥哥。長得帥便有接近美女的天然優勢，因為美女對帥哥從不免疫，藍靈淺淺地一笑，點了點頭。

徐沫影也抬頭看了那人一眼，兩人目光交錯，他本能地感覺到對方目光中的輕蔑和敵意，至少，他絕不是找個位置吃飯這麼簡單。果然，帥哥很快便又對藍靈說道：「我叫石航，很希望跟藍小姐交個朋友。」

藍靈停下了筷子：「哦？同桌用飯，我們已經是朋友了。」

「藍小姐誤會了，我不是指這種朋友，直截了當地說吧，我很喜歡藍小姐。」迷倒過無數女孩的自信，讓石航瀟灑地表達了自己的傾慕之情。他說話的聲音雖然不大，卻好像被全餐廳的人都聽到了一樣，大家都停止了用餐，轉過頭看著這三個人。

「對不起，我已經有意中人了。」藍靈淺淺地笑了笑，像故意做給大家看似的，伸出筷子又夾了一道菜放到徐沫影的碗裡。

徐沫影低著頭大口大口吃著碗裡的飯菜，就像周圍發生的事情完全與自己無關。

「我知道。」石航說道，「但我覺得他配不上你。」

「為什麼？」藍靈饒有興趣地看著他。

「沒有名望沒有能力，沒有勢力沒有長相，他不配跟妳這麼漂亮的女孩在一起。」說這話的時候，石航挑釁的目光掠過徐沫影的臉，但徐沫影仍然不為所動，沒事人一樣自顧自地吃飯。

「呵呵，這些你都有嗎？」

石航自信滿滿地答道：「當然!至少我樣樣都比他強。」

藍靈不知道在心裡罵了這傢伙多少遍「自戀狂」，表面上仍然笑吟吟地說道：「那你們兩個比一比吧，要是你能力強過他，我就……」說到這，藍靈猶豫了一下，風情萬種地瞧了石航一眼，「跟你走。」

圍觀的人們開始吹起口哨，並為能在無聊的晚餐時間看到一場好戲而起鬨叫好。

「好！」石航站起來離開座位，走到徐沫影身後拍了拍他的肩膀：「怎麼樣小子，有沒有膽量跟我比一下？」

徐沫影一聲不吭地吃完最後一口飯，拿起餐巾紙擦了擦嘴，淡淡地說道：「沒興趣。」然後轉頭問藍靈，「吃好了嗎？」

藍靈點了點頭。他的表現完全在她的意料之中，如果他真去應戰，她反而會覺得失望。感情怎麼能拿來做賭資呢？她站起身來，拉著徐沫影的手，準備離開餐廳。

這時候，旁邊一張桌子上傳來李夢臣的聲音：「姓徐的小子，跟他比！我保證這餐廳裡沒有人能贏得了你！」

「謝謝前輩信得過我，不過我沒時間，也沒興趣。」

石航一伸手攔住了兩個人的去路，似乎是無法忍受兩個人對他的無視，大聲地問道：「我看你是沒膽量吧？」

「算是吧！」徐沫影漠然地說道，「請這位朋友讓一讓。」

路終究是沒有讓開。徐沫影真有點懷疑自己周圍的人是不是都是學易出身，沒有傳統的低調和謙遜，只把占卜當做爭取金錢、權勢和美女的資本。他的不應戰，迎來的是劈頭潑下來的可口可樂。

狂躁的人們總喜歡把無法解決的事情訴諸暴力。在眾人面前，石航顯然覺得自己的面子掛不住了，從背後的桌子上抓起半杯可樂全都送給了徐沫影。

徐沫影猝不及防，可樂照單全收，頭上臉上濕淋淋的一片。他從容地伸出手在臉上擦了一把，轉身去拿餐巾紙，這時候，藍靈已經反手從桌子上端起了整杯可樂，手臂輕輕一揚，一滴不剩全都噴在了石航那張帥氣的臉上。

餐廳裡的人都被這突如其來的變故驚呆了，都放下筷子，或站或坐，一聲不響地瞧著他們。

安靜的餐廳裡，只有藍靈冰冷的聲音在迴響：「這裡不是幼稚園，也不是遊樂場，被寵壞的孩子還是回家找媽媽去吧！」

說完，藍靈拉著徐沫影就往外走。沒想到徐沫影居然站在那不肯走了，他輕輕地推開藍靈，看了看石航那張濕淋淋的無所適從的臉，又抬起胳臂看了看手錶，淡淡地說道：「我應戰，但不是現在。明天中午怎麼樣？還是在這裡！」

徐沫影永遠信奉這一點，男人的自尊不能靠女人來支撐。

石航被藍靈潑了一臉的可樂，熊熊的愛情火焰已經被澆熄了大半，而徐沫影的沉穩又令他搞不清對方的實力，一時猶豫著，不敢答應。

這時候，唯恐天下不亂的圍觀群眾們回過神來，開始不住聲地哇哇亂叫：「答應啊！」、「為什麼不答應？」、「快應戰啊帥哥！」

經不起眾人的鼓譟，石航咬了咬牙，正要答應，卻聽到餐廳門口傳來一個中年人的聲音：「我替他應戰！」

這聲音渾厚而冷酷，餐廳裡所有人的目光都轉向了聲音的來處。

餐廳門口站著一個中年人，這人個五十歲上下，身材高大，面色黑紅，蓄著短短的鬍子，沉穩的目光中透出銳利的神色，一看就不是個好惹的角色。

不少人都認識他。湘西著名的占卜世家石家的大兒子——石宗南。他的父親，就是現在高居在甲等席上的三老之一的石文緒。石家在湘西占卜界可謂隻手遮天，石文緒曾主持易協數十年，石宗南現在也是地方的第一把交椅，在本屆萬易節位列乙等席。

石宗南的突然出現，使得眾人紛紛猜測起石航與石宗南的關係。看年紀，這個二十歲剛剛出頭的小夥子很可能就是石宗南的兒子。

果然，石航聽見聲音，轉身看見石宗南便驚喜地叫道：「爸，你怎麼來了？」

「你爺爺要我過來找你，說要帶你去見個人。」石宗南皺著眉頭走過來，看了看滿臉水漬的兒子，又看看藍靈，「這怎麼回事？妳就是雅閒老居士的那個關門弟子吧？」

藍靈彬彬有禮地答道：「是的前輩，我叫藍靈。」

石宗南顯然是聽到了藍靈斥責石航的那句話，衝口便憤憤地說道：「這孩子的確是被我們寵壞的，但是輪不到妳來替我教訓！」

藍靈聽罷，便好不客氣地回敬了一句：「我就是不敢教訓您的寶貝兒子，所以才讓他回家去找媽媽呀！」

徐沫影上前一步，伸手把藍靈拉到自己身後，對石宗南說道：「沒有她的事，是我們兩個在比試。」

石宗南上下打量了他幾眼：「我聽到了，不過你又是誰？」

「晚輩叫徐沫影。」

「要比什麼？叫你師父來，我跟他比。」

「我沒有師父。」

「沒有師父？」石宗南有些吃驚，「你這個年紀，沒有師父能站在這個地方？」

「我自學的，我就是自己的師父，您要比的話，我直接跟您比就好了。」

藍靈聽到徐沫影說出這番話，知道他的火氣終於被激發起來了，雖然惹上了麻煩的對手，但她心裡卻禁不住有幾分高興。她看慣了他的低調和沉穩，激昂高亢的時刻實在來之不易。

一個末等席的後生和一個乙等席的前輩叫陣，而且還是一個實力雄厚的世家子弟，這在眾人眼裡就成了笑話。只有李夢臣走過來輕輕地拍了拍徐沫影的肩膀，低低地在他耳邊說道：「小子，你碰見真正的硬底子了，他是高手，你贏不了他。就算贏了他，他也會把你弄死！湘西石家，心狠手辣，自己保重吧你！」說完這話，李夢臣轉身走出了餐廳。

徐沫影面無表情，當這些話都沒聽到一樣，直直地注視著石宗南。

「好！」石宗南突然拍了一下巴掌，「有膽識，我應戰了！明天中午是嗎？在這就太不爽了，還是在會議大廳吧！全場人都在，比起來多爽快！有哪一個不服的，還可以接著比！」

石宗南說口沫橫飛，一伸大手在徐沫影結實的肩膀上重重地拍了一下：「小子，我非常佩服你，很久沒有人敢跟我挑戰了！就這麼說定了，明天可不許逃！」

徐沫影淡淡地一笑：「我當然不會逃。前輩，現在我還有點事，先失陪了。」

徐沫影牽了藍靈的手，在眾目睽睽之下快步走出了餐廳。兩人走在走道裡，藍靈禁不住擔心地問道：「你也沒說比什麼，萬一是相術風水之類的呢，你比得過嗎？」

「比什麼都可以。」

「嗯。」藍靈應了一聲便不再說話，帶著徐沫影下樓去雅閒居士的房間。

來到雅閒居士的房門外，敲門進去，胖乎乎的老頭正坐在床頭上看電視，大徒弟齊萬甲也陪在老頭旁邊坐著，邊看邊閒聊幾句，看樣子十分悠閒。見徐藍二人進了門，老頭笑得一臉慈祥，連忙招呼道：「靈兒啊，他就是妳說的那個徐沫影吧？請坐請坐！」

「謝謝前輩！」徐沫影含笑點了點頭，坐在旁邊的沙發上，偷瞥了一眼齊萬甲，卻見他連正眼都沒看自己。

「徐，沫，影。」雅閒居士一字一頓地念著徐沫影的名字，「你這個名字很有點意思，不過有點悲觀啊。沫是泡沫，影是影子，這人間一切都不過是泡沫和影子，是實話，大實話，可是也是讓人傷心的實話啊！」

徐沫影笑道：「這名字是我爺爺取的，我自己也不知道到底是什麼意思。」

「哦，呵呵。聽靈兒說你從小學易，那你是不是也是世家出身啊？」

「不，我家不算世家，我爺爺曾經學易，爸爸卻沒有學過。」

「哦？為什麼你父親不學了呢？」

「這跟占卜詛咒有關。我的爺爺受過詛咒，因此不希望後輩學易，我是偷偷學的，後來爺爺一見管不了，就只好放任了。」

「唉，又是詛咒。我也曾經有幾個朋友因為詛咒而家破人亡，真是淒慘得很哪。這詛咒，可以說是懸在我們學易人身上的一把利劍，有時候想想，真讓人膽寒啊！」

談到詛咒，徐沫影不禁興致盎然，急忙問道：「看起來，詛咒並不會降臨在每個人的身上，前輩知不知道這是為什麼？」

「呃，這個問題可是忌諱啊，談多了不好，我們還是聊點別的吧！你是哪裡人啊？」

「晚輩是河北滄州人。」

「我知道你們那，我曾經去過那裡呀，三十年前去過，路邊全是棗樹林子，一眼望不到盡頭。可惜我去的不是時候，金絲小棗還沒有熟，有機會一定再去那裡玩玩。」

藍靈坐在徐沫影旁邊，聽師父東拉西扯聽得有幾分不耐煩了，禁不住問道：「師父，您不是說，要測測沫影的本事嗎？」

「呵呵，對對，不過不用著急嘛！我們初次見面，先要相互瞭解一下。沫影我問問你，都學過些什麼？紫微，八字，六爻，三式？」

徐沫影欠了欠身正待回答，卻聽到外面有人敲門：「咚咚，咚咚！」緊跟著，一個蒼老的聲音在門外響起：「老傢伙，在裡面嗎？」

雅閒居士一聽，急忙應了一聲「在」，隨後一面吩咐藍靈前去開門，一面穿鞋子下床。

藍靈打開門一看，卻見門口站了兩個人，一個精神矍鑠的精瘦老人，正是甲等席三老之

一的石文緒，而另一個，則是那位被她潑了一臉可樂的帥哥石航。這兩個人怎麼會來？她不禁微微一愣。

「這就是雅閒的女徒弟吧？漂亮，果然漂亮！老頭子眼光不錯！」石文緒上下打量著藍靈，讚不絕口，「怎麼，不讓我們進去嗎？」

藍靈這才恍然醒悟過來，閃身在一旁，讓兩個人進了屋。

卻聽雅閒居士對徐沫影說道：「真是很不好意思呀，跟老朋友約好了，有點緊要的事情先要談一談，我們能不能改個時間再聊啊？」

這時候，徐沫影早已經非常識趣地站了起來，微微笑道：「那就不打擾您了。」說完，徐沫影轉身出門。藍靈站在門口，似乎沒聽明白師父的話，一把拉住了徐沫影，向雅閒居士問道：「師父，您不是約沫影過來要考考他嗎？我們的事情還沒完呢！」

「我們這邊有點事情，比較急一點，忙完再找你們吧！」

藍靈本來還想說什麼，卻被徐沫影強拉地拖出門去，走了幾步，徐沫影才放開手，搶在藍靈發問之前說道：「不要再求妳師父了，他根本就瞧不起我。」

「你為什麼要這麼說？」

徐沫影長舒了一口氣：「妳師父在幫你結一門顯赫的親事，妳看不出來嗎？如果不信，妳可以回去問問他。」說完，他轉身順著樓梯向下走去。

藍靈聽了他的話，突然愣了起來。石文緒找師父商量事情，為什麼偏偏要帶他那個不成

器的孫子？她隱隱約約覺得師父確實瞞著他暗地在進行一些事。

她扶著樓梯上的欄杆向下面喊道：「沫影，你去哪裡？」

「我去找林子紅，把喵喵偷來的東西還給他！」丟下一句話，徐沫影一拐彎，便不見了人影。

第九章　卜王讓位

林子紅站在林邊空地上，摸出一支菸點著了，就嘴吸一口，吐出一個繚繞的菸圈。他抬頭望望璀璨的星空，低下頭找一塊石頭坐下來，開始享受每天晚上的自由與清靜。

這是年輕遊客們的特權時間，可以發揮他們的想像力自由自在地浪漫。周圍不斷有情人們溫軟的耳語輕輕傳來，如夏夜羞澀的晚風，撩撥心事。偶爾會有人從身邊經過，他們有時歡笑有時低語有時高歌有時沉默。

林子紅愜意地瞇起眼睛，一面吸著菸，一面感受著羅浮山夏夜的溫馨。過了一會兒，他恍惚覺得有人站在了自己面前，這個人不聲不響，只是站在幾步之外靜悄悄地看著他。

他睜開眼睛。

夜色清明，他看到一個年輕的身影。這個人他很早就注意到了，就在剛才他還想起過他，他想這個年輕人是什麼來歷到底有多少實力，下午開會本來還想借機會試試他，但他竟然缺席沒到。這讓他有一點惱火。他為什麼會來這呢？巧遇，還是故意找自己？他用力吸了一口菸，吐出一個華麗的菸圈。

「林先生，您這兩天有沒有丟過什麼東西？」見林子紅睜開眼睛看到了自己，徐沫影直截了當地開口問道。

林子紅不禁一愣：「沒錯，我確實丟了一個重要的東西。」

徐沫影走過來兩步，伸手把那個八卦牌遞給他：「是這個嗎？」

林子紅低頭在石頭上掐滅了菸頭，把牌子接在手裡用拇指撫摸了一下，點了點頭：「對，是我丟的。你這小子在哪撿到的？坐這裡，我們好好聊聊！」

「這不是我撿的，」徐沫影笑了笑，在林子紅身邊坐下來，「您還記得跑到您頭上睡覺的那隻小貓嗎？是那小東西從您身上扯走的。」

林子紅先是一呆，而後恍然大悟地說道：「我想起來了！藍靈小姐的那隻小貓，對不對？媽的，沒想到那小傢伙還會偷東西，眼光還不賴，一下就把我最寶貝的東西偷走了！」

徐沫影想說那貓是自己的，但想了想，既然每天跟著藍靈，跟她的也沒什麼兩樣。

林子紅拍了拍徐沫影的肩膀：「知不知道這東西有什麼用？」

徐沫影搖了搖頭。

「哈哈，」林子紅爽朗地笑起來，「現在你算算我的年齡，快算！」

算年齡？這對徐沫影來說再簡單不過了，起卦斷卦，不過是一眨眼的事，但是，他起了卦反覆算了一會兒之後，卻發現這卦有問題。林子紅的年齡看上去在三十歲到四十歲之間，但卦數顯示卻是八歲！

八歲，這顯然是不可能的。

徐沫影老老實實地答道：「我算不出。」

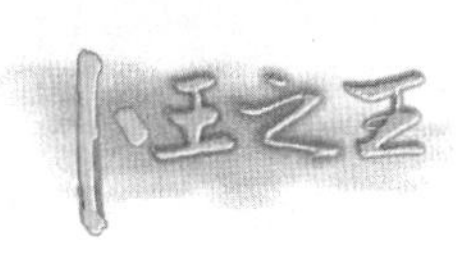

「算不出就對了。你想想，如果丟了一般的東西，我算一卦就能找到失物在哪裡，最多就是為了詳細定位再多算幾卦，但是丟了這個，我就只能乾坐在這裡等著你送回來。為什麼？」

「因為它是改變氣場用的，是反占卜的工具！」

「哈哈，聰明！」林子紅在手裡掂了掂那塊牌子，「這東西看起來簡單，卻很難做，我找人仿做過幾塊，都做不出這個效果，所以我說是寶貝。」

「那您又是怎麼得到的？」

「這是歷屆萬易節卜王的獎品，是一個前輩傳下來的，現在明白為什麼它重要了吧？」林子紅仰起臉看了看天，嘆了口氣，「說不定，這屆萬易節過後，這東西就要交到別人手裡了！不過，看這樣子，這屆的參會者老的少的還沒有能夠強過我的，除非，某個畏畏縮縮的傢伙能站出來！」

說到這，林子紅白了徐沫影一眼：「有什麼想法沒有？」

徐沫影沉默著不說話。

「靠，別他媽的給我裝死！」林子紅話鋒一轉，「跟你說我最受不了你們這種人，說話辦事婆婆媽媽，為一點感情能把自己的人格和信仰都賣了！你到底有多大本事我不清楚，但我知道你能上甲等席，你為了一個女孩放棄甲等席去了末等席！你以為我看不出來？」

機關槍似的爆發一頓之後，林子紅「哼」了一聲，把牌子放回袋裡，語氣緩和了些，說道：「後悔了沒？為一個女人，還是你不愛的女人。」

徐沫影一怔，猛地抬起頭問道：「你怎麼知道我不愛她？」

「別人不注意我可是注意到了，你對她沒那麼親。再者，為了查出你的底，我對你卜過一卦。沒錯！這很不道德，但我才不管他媽的道德不道德，現在的占卜界還有道德可言嗎？可惜我還是沒算出你的底，只算出你身邊有一堆女人！」說到這，林子紅自嘲似的笑了笑，「我算不出就說明你的水準很可能在我之上。媽的我真是孤陋寡聞了，占卜界出了這號人物我竟然從沒聽說過！」

「您謙虛了。」

其實，徐沫影心裡最清楚，林子紅並沒謙虛。或許在開放靈覺之前他還不如林子紅，但是現在，恐怕十個林子紅加起來都比不過他。

林子紅望著遠處雙雙對對的情侶說道：「我三十七歲了，還是單身，沒考慮過感情問題。感情會耗費大量時間和腦力，我的時間和腦容量都有限，為了追求占卜的頂峰，我就得放棄……」

林子紅嘆了口氣接說：「說這話就是為了告訴你，你也一樣，為了你的追求，你得放棄感情！但你為了感情放棄追求，這他媽是男人該做的事情嗎？」

「我覺得這沒什麼……」徐沫影從石頭上站起來，走了兩步，緩緩說道。

「其實我追求的不是占卜；我走上這條路有兩個原因，一是為了報仇，那個人，他撞死

了我最愛的女孩，也撞碎了我做了很久的一個美麗的夢。二是為了破解占卜詛咒，讓占卜能夠發揚光大，真正地為人所用，讓每個人都幸福。可是現在，我突然發現我恨之入骨的那個仇人根本不是仇人，破解詛咒的線索也中斷了，甚至我自己也在被詛咒圍剿。

「或許是太自不量力了，占卜界是人世間最神祕的一個世界，靠我一個人什麼都做不了。也或許真的像您所說，感情成了我的累贅，我縛手縛腳難以施展。但每個人心裡都有自己的一天平；我覺得千重萬重，重不過感情。親情、友情、愛情，我什麼都要，什麼都不能丟下。我也有堅持，我也有追求，但我追求的並不是事業的頂點，而是讓身邊的人幸福。如果她們不幸福，就算我的事業再輝煌又有什麼用？

「我身邊的確有幾個女孩，她們對我很好，在各方面盡力地幫助我，對我付出了很多感情。正因為這樣，我必須償還她們，不能捨棄她們。雖然在我心裡不可能完全接受她們，但我更不能讓她們傷心，我必須為她們考慮，哪怕是一點點……」

聽了徐沫影的話，林子紅愣了半晌，而後點了點頭，輕輕拍了拍他的肩膀：「我明白了，嗯，我明白了！你是個有感情、有血性的人，但你要知道，愛情不是分蘋果，你不能把那些女孩都叫在一起，大家圍著圈圈，一人一塊把你這個唯一的蘋果分吃掉，你得把自己完完整整地給一個人，你明白嗎？最愛的人死了，你猶豫，我理解，但你越是重感情，就會在這情網裡陷得越深，到最後把你自己纏死在裡面。」

徐沫影笑了笑：「其實，她們大多是我的朋友，愛我的只有兩個人，我的愛情只需要在這兩個人之間做出抉擇就可以了。」

林子紅瞪了他一眼：「別自欺欺人了。你有自己的想法，很好，你重感情，我現在也理解你，但這些妨礙你施展自己的本事嗎？不妨礙吧？藍靈這女孩不是好惹的，我看得出來，她比你會照顧自己，何況她還是雅閒那老傢伙的徒弟，誰敢動她？你瞎擔心什麼？」

林子紅站起身，拍了拍屁股說道：「明天可能席位制度就變了，我希望你能儘早站出來。還有，破解詛咒的事，你就別想了，不可能的！」

徐沫影不解地問道：「為什麼？」

「天機不可洩露，這是占卜規律，是天條，可不是人為因素。你怎麼破？」林子紅走過去，在徐沫影頭上拍了一下，「清醒清醒吧！」

「恰恰相反，我覺得這是人為的！」

「人為的？」

林子紅搖了搖頭說道：「跟你說實話，我現在身上有近一半地方沒有觸覺，頭皮、左胳臂內側、腰腹部、大腿，如果是人為的，誰有這麼大本事把我觸覺奪去？兄弟，你的心地善良是好的，但是有點幼稚了，醒醒吧！」

徐沫影依然堅定地說道：「詛咒的確是人為的，我有辦法證明這一點！」

林子紅笑著看了看他：「好啦，時間不早了，該回去了。明天看你表現，我希望你夠資格讓我把卜王的位子讓給你！」

徐沫影踏著夜色走回東坡飯店，爬上樓來到自己門前，伸手輕輕一推，門竟然應聲打開。他微微一怔，想必自己離開時過於匆忙，忘了關門。進了門，屋子裡黑漆漆的什麼都看不見，他在牆上摸索了半天終於把燈打開。當蒼白的燈光趕走黑暗，他才赫然發現，自己床頭竟木木然坐著一個人。

藍靈兩臂抱著雙膝坐在那，一雙小巧玲瓏的雪白赤足在燈光下泛著暖玉的光澤。她那雙噙著淚水的眼睛，正楚楚可憐地看著徐沫影，有種說不出的婉轉和幽怨。在她兩腳之間，小貓喵喵乖乖地蜷縮在那，閉著眼睛，小鼻子有節奏地一聳一聳，顯然已經酣然入睡。

徐沫影沒想到藍靈會在自己屋裡，也從沒見藍靈有過這樣的神情，一見之下，竟不由得一呆，隨後便驚訝地問道：「靈兒，妳怎麼了？」

藍靈緩緩地低聲答道：「我跟師父吵架了。」

徐沫影馬上明白了事情的原委，他在床邊上坐下來，柔聲問道：「他是不是真的要幫妳說媒了？」

藍靈默默地點了點頭：「他跟石文緒商量，要讓我嫁給石航，我在門外聽到他們的話，就闖進去，還當場把石航罵了一頓。」

「然後呢？」

「師父就罵我，說我沒規矩，不知好歹，還說……」藍靈哽咽著說不下去，眼淚順著雪白的雙頰流下來。

徐沬影溫柔地問道：「還說我壞話了，對不對？」

藍靈用力點了點頭，張開雙臂猛地撲進徐沬影的懷裡，摟住他的脖子，泣不成聲：「他說我喜歡上一個窩囊廢……沒有能力……也沒家世，還說你是不知從哪冒出來的野狗……。」

徐沬影的心不禁一顫，臉色剎那間變得雪白如紙。

「他們為什麼要那麼說你……，你為什麼要隱藏自己的實力，為什麼不做給他們看看？沒有師門沒有地位就要被他們鄙視，你怎麼就這麼不了解呢……。」

聽著藍靈的哭訴，徐沬影的心疼得彷彿被撕碎了一樣。他一隻手臂緊緊摟著她，一隻手輕撫著她的背，喃喃地說道：「都怪我，是我讓妳受委屈了。」

藍靈兩隻手握緊了拳頭，一下下捶在徐沬影的前胸，用力極輕，一面哭道：「就是怪你，師父他從沒罵過我，都是因為你！鬥法的事加上今天的事，兩次挨罵都是因為你！你一點都不體諒我……嗚嗚……師兄還在一邊添油加醋地罵你、污蔑你，也不知你到哪裡去了，只有我一個人跟他們辯解……。」

徐沬影仰起臉，望著頭上印滿青色花紋的天花板，在那蒼白的燈光照耀下，他彷彿覺得那花紋在旋轉、旋轉……。

有些事情真的不像自己想像的那麼簡單。當你是一個小老百姓，當你是無名小輩，那往往就意味著你可以任人宰割，意味著你做的任何事情都變得愚蠢，你身邊的人也都變得低

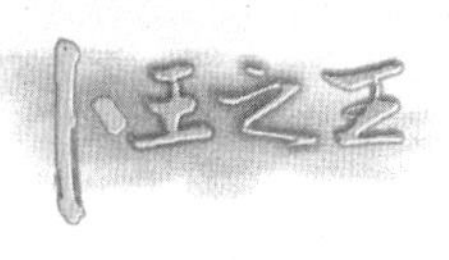

級。假如你現在是安全的，那只是因為你沒有侵犯到別人的利益，一旦有一天你進入別人勢力範圍的禁區，那等待你的將是不可預知的詆毀和災難。

藍靈的哭訴喚醒了他沉睡的信念。他突然想起了不久前的那個夜晚，在那個浪漫溫馨的校園裡，一個女孩也在自己面前淚眼婆娑，也曾對自己低聲哭訴，也是因為自己的不爭氣。

何其相似！而自己為什麼要讓悲劇重演？

何其相似？徐沫影心裡打了一個顫抖，突然覺得有幾分害怕。這是不是另一場悲劇的預感？

可是藍靈不是蘇淺月，自己也已經不是當初的徐沫影，他那時深愛著淺月，而今天對藍靈卻談不上愛……想到這，他多多少少感到一點安心。

相較之下，受一點侮辱和詆毀又算得了什麼？他更希望自己身邊的人都健康，都安全。那種失去至愛的悲痛時時噬蝕著他的內心，現在想起來，長久命運多蹇與現在的占卜詛咒所帶給他的畏懼已潛藏在靈魂深處。或許他自己並沒有意識到，一直以來，他的低調，他在占卜方面的自制、不敢盡力施為都與這種畏懼有關。

他不想再失去。

神秘詛咒如一把高懸的利劍；儘管目前看來這劍並不會斬向所有人，但爺爺的死已經有了暗示，他的名字已經寫進那死亡的名單，而長松山飯店裡那窗臺上的腳印，也給了他一個明白的警告。

腳印，推背圖上的讖語，古墓中的激鬥……，把這些串聯起來，似乎有些東西已漸漸浮現出來。

一想到這些，徐沫影忽然明白了自己該做些什麼。

善的、惡的、清的、濁的、黑的、白的，他都得看分明，用這雙眼睛。

該放的、該收的、該討的、該還的、該連的、該斷的，他都要慢慢理清，用這雙手。

他感到自己的心洶湧澎湃……。

不因為懷抱美玉，更不因心繫佳人。

窗外，有風吹過黑夜，吹過羅浮。

第十章　一鳴驚人

上午九點鐘，萬易節會場裡人聲鼎沸。昨天會議裡做出決定，今天上午大會將就兩種分席制度的選擇進行投票。其實不用投票，結果就已經顯而易見。

現在坐在會場裡的兩百多人，絕大多數都是名門弟子，誰不希望提高自己師父的席位？不必說，這些人都支持以聲望分席的舊制度。學易勤奮的人並不多，實力高於聲望的人更是少之又少，即使有些人在心裡支持新制度，也是人微言輕。

這兩天，因實力不足而被萬易節拒之門外的客人們已經在紛紛致電譴責，萬易節人心浮蕩，甚至賀六陽的位子都已經岌岌可危，畢竟，他的改革措施過於激進。雖然很多人暗暗認同他的觀點，但在現實面前，道德似乎永遠比不上利益重要。

然而賀六陽對此卻顯得泰然自若，他拿起麥克風試了試音，並用嚴肅的目光向台下掃視一周。當人們安靜下來，他宣佈會議開始：

「今天上午要進行投票，決定實行哪種分席制度。我想，大多數人心裡都對此熱切期盼。為什麼？因為你們都想要利益。萬易節分席如何，就決定了整個占卜界的權力分佈。我們都是學易的，都知道八字理論有個人間至理，叫『財官相生』啊！財生官，官生印，有錢就有權，有權就有名嘛！對我們占卜界的人來說，有了名還愁沒錢嗎？師父徒弟、父親兒

子，什麼門派什麼世家，就穩穩地騎在別人頭上了。呵呵，大家都是這麼想的吧？」

賀六陽頓了頓，又向下面望了一眼，見會場上安安靜靜沒人說話，便繼續說道：

「淡定、沉著、低調、謙虛、不貪財、不求名，這些老祖宗的準則還有人記得嗎？你們入門的時候都背過吧？《太上感應篇》、《了凡四訓》都讀過吧？到現在還有人記得嗎？要知道，我們這裡坐的可都是精英，被我攔在門外的全是些不學無術的人，如果連你們心裡都一心想名利，那外面那些人還不騙人騙瘋了？

「我賀六陽要下臺了，這我早就知道。有人問我是不是算過了，我沒有，絕對沒有。這種事情還用算嗎？正風氣和謀利益兩者之間孰輕孰重，相信各位在心裡都想過。這也是我為什麼採取非常手段的原因。否則，騙子們早就把萬易節搞得烏煙瘴氣了。改革成功？老實說我沒想過。我就想能讓這屆萬易節乾淨一點，能在各位面前說上幾句大道理，能讓各位多少年以後還能想起二〇〇九年萬易節上，有我賀六陽這麼個人做了這麼點事，就知足了。」

吳琪在旁邊坐著實在聽不下去了，皺著眉頭拍了賀六陽一下：「六陽，算了，何必說這些？」

「就剩下幾句話，我把它說完，投票就開始。」

吳琪沒辦法，只好嘆了口氣，聽他繼續說。他轉過臉看了一下雅閒居士那三個老頭，一個個都面色平靜，跟沒聽到一樣。

只聽賀六陽繼續說道：「其實我賀六陽也算成就了些好事，畢竟我們坐在這的都多少有

點本事，這就意味著，將來掌權的人起碼還算有本事。但是各位千萬要記住，占卜界就是江湖，這裡就是江湖，江湖浪高三尺，一山高過一山。別光倚靠自己世家的聲譽師門的名望，這樣下去你們一代代也會淪為騙子。武俠小說裡，江湖門派往往是一輩比一輩弱的，我不知道那是不是真的，但在我們這個江湖，從鬼谷子、京房，李淳風、袁天罡到現在，可真的是在一輩輩人才凋零。占卜是我們的飯碗，更是我們民族最精深的文化，望各位珍惜手中的飯碗，保護我們的文化。」

長嘆了一口氣，賀六陽沉聲說道：「好了，我說完了，現在投票！」

他正想宣佈投票開始，突然聽到台下最後面傳來一個年輕人的聲音：「請等一等！」

平靜的湖面忽起波瀾，這個不和諧的聲音馬上把場上眾人的目光全都吸引過去。

個頭不高，面孔黝黑，長得有幾分秀氣，一雙眼睛烏黑發亮靈氣十足的年輕人，格外引人注目。很多末等席的人都看一眼便認了出來，他就是昨天那個跟石宗南立下賭約，不知天高地厚的年輕人。

賀六陽看著徐沫影溫和地問道：「你有什麼意見？請說。」

徐沫影大聲問道：「我想問一下，今天投票的事情是誰決定的？」

賀六陽一愣，隨即答道：「昨天下午你缺席了嗎？是這樣，事情是雅閒居士提出來的，我們甲等席六個人，三個人支持，兩個人反對，一個人棄權。所以……」

聽到這，徐沫影突然打斷了他的話：「那就是說，甲等席對這件事情有否決權，對嗎？」

「對！」

「可是，甲等席上還有一個人沒有發表意見。」

眾人一聽，全都愣住了。

賀六陽皺著眉頭問道：「我們六個人都在這，都發表過意見了。還有誰？」

「還有我！」

眾目睽睽之下，徐沫影不知道鼓起了多少勇氣才吐出了這三個字。這三個字清晰響亮，在大廳裡迴旋轉折，送入每一個人的耳朵……。

藍靈聽到這三個字，禁不住興奮得握緊了拳頭。

林子紅聽到以後，嘴角露出一絲不易覺察的微笑，抬頭看了徐沫影一眼，便又繼續懶洋洋地倚靠在椅子背上。

大廳裡笑聲四起，人們議論紛紛，驟然亂作一團，都在嘲笑徐沫影的自不量力。占卜界吹牛的人雖多，卻少有人敢吹到萬易節會議大廳裡來的。

賀六陽一愣，隨即便明白了徐沫影的意思，不禁質疑地問道：「你是說，你有能力入甲等席？」

「是的。」

三個字出口之前，徐沫影還有些緊張，但是現在，他心裡反而平靜得像一汪秋湖。

賀六陽張嘴正要說什麼，卻聽一旁的雅閒居士笑道：「年輕人，你在鬧笑話嗎？論資質，賀會長和林子紅都是天才，論勤奮，他們從小就心無旁騖，刻苦地學到現在，才能登上甲等席。我們這幾個老傢伙，也是拼了幾十年才坐到這裡。你才多大點年紀啊？別開玩笑啦，坐下吧坐下吧！大家都等著投票呢！」

賀六陽想了想，雅閒說得確實有道理，便搖了搖頭笑道：「呵呵，你有這份志向就好，努力學，過幾年你就能坐到這裡來了，但是別浮躁，別心急，要是有什麼疑問和困難，可以找我。」

卻聽徐沫影仍然堅定地說道：「我真的能做到！」

「哈哈，」雅閒居士開心地大笑起來，看了看賀六陽說道：「這小夥子還真是倔強。你說你能做到，你問問這會場裡的人，誰信啊？」

話音剛落，卻聽下面一個女孩的聲音答道：「我信！」

同時，主席臺的一側也響起一個慵懶的聲音：「我也信。」

不用說，台下那女孩就是藍靈，而臺上那位一定就是林子紅了。

雅閒居士隨口一問，竟然真有兩個人應聲，自己的徒弟藍靈也就罷了，他知道她迷戀這個年輕人，萬沒料到主席臺上的林子紅竟也開口作答。他略顯尷尬地一笑，側頭對林子紅說道：「林子紅，你就不用湊這個熱鬧了吧？」

「我從不湊熱鬧……」林子紅連正眼都不給雅閒居士一個，仍然是懶懶散散地靠在椅子上，手裡拿著那塊鏤空八卦牌左看右瞧，「我在想，這塊牌子的主人應該換換了。」

林子紅話音出口，臺上台下一片譁然。

誰都聽得出這話裡的意思。有資格拿這個牌子的人，六爻八字一定要贏得過林子紅，但從林子紅昨天上午分席時候展示的那一手來看，這屆卜王他幾乎又穩穩操在手中了。台下的人，連五個數字都打不出來，遑論八個？臺上這幾位，最起碼雅閒居士這三個老頭只是勉強在規定時間內打出五個數，對八個數也是望塵莫及。但是現在，林子紅說要把卜王的位子讓給一個人，還只是一個初出茅廬的年輕人。

他未免太年輕了。在占卜的世界，沒有幾十年的浸淫出不了太大的成果，更別說踏上卜王的寶座。自有萬易節以來，歷屆卜王幾乎都是清一色的老人，只有數十年前，屍靈子二十八歲憑一手超凡卦技震懾四方高手，成為領袖群倫的一代宗師，再來就是去年林子紅三十六歲一鳴驚人，以壓倒性優勢從吳琪手中奪走卜王八卦牌。而眼前這個年輕人，顯然比林子紅比屍靈子當時更年輕。

未登擂臺先讓位，這也是萬易節歷史上從未發生過的事。

就憑這個平平無奇的小子，在分席測試中按不出一個數字的小子，在餐廳裡不敢跟石航比試的小子，每天沉默寡言跟在美女身後的小子，怎麼能讓林子紅說出這種話來？

全場譁然。譁然中突然冒出一個沙啞的聲音：「林子紅，你這位子未免也太好拿了吧？我要是贏了這小子，是不是那塊牌子就歸我了？」

眾人循聲望去，卻見從末等席上站起來一個老頭，不是別人，正是昨天分席前鬧事被分到末等席的老先生薛成英。大概是覺得坐在後面太委屈，急於到前面去了，因此老先生一見有機可乘便站了出來。

沒等林子紅答話，賀六陽便說道：「薛老，子紅是開玩笑，不要當真。」林子紅的實力他最清楚，這個年輕人或許會很強，但要說能強過林子紅，他還真是不敢相信。

但他話音剛落，便聽到林子紅說道：「我沒開玩笑。就這麼定了，薛老先生，只要你贏了徐沫影，我就把牌子給你！」

「好，我相信林子紅說話算數！這位徐先生，你提議吧，怎麼比。」

薛成英對自己的卦技非常自信，雖然以他的實力上不去甲等席，但乙等席總是可以的。而在眾人眼中看來，徐沫影也是多半會輸。

徐沫影面色沉靜，默默地看了他一眼：「甲等席上的六個人都是當今占卜界頂尖的大師，但他們都缺少或損傷了「五感」之一。我們就來算算他們都缺的是什麼吧！」

話音落地，主席臺上的幾個人除了林子紅都各自悚然，台下的人們也全都呆住了。

詛咒，無疑是萬易節的禁忌話題；徐沫影的提議卻恰恰切中了這個禁忌話題的核心。當然，關於詛咒的預測內容也是占卜的一個空白。第一是因為其禁忌，第二是因為其無法預測。科學界有個「測不準原理」，占卜界也如是，這個被大家默認沒人能測準的正是占卜學者的心病、占卜典籍從不敢提的禁忌——詛咒！

事實上也並沒有人確定每個精通占卜的人都會損傷五感，因為這種事情，實在不足為外人道也，大多數人根本不會跟別人提起。

在眾人驚詫的目光和唏噓聲裡，老頭臉色煞白地說道：「這個我測不出。」

徐沫影從容不迫地說道：「那你輸了。雅閒居士失去味覺，石文緒前輩失去嗅覺，吳琪老前輩損傷觸覺，林子紅損傷觸覺，賀會長失去嗅覺……這些都對吧？」

主席臺上的六個人不禁面面相覷。半晌，賀六陽才率先點了點頭：「沒錯，我跟子紅的，你都算對了。我想，居士他們也沒有疑議吧？」

其餘幾個人也都各自點了點頭。

場上變得無比安靜。薛成英愣了半晌，垂頭喪氣地說道：「你贏了。」

他剛要坐下，卻聽雅閒居士說道：「我有意見。我覺得這不能算數，畢竟徐先生提出來的是別人沒有研究過的內容，並不能代表他卦技就比薛老高啊！」

石文緒連忙附和著說道：「是啊，而且這個很容易打聽到的！」

徐沫影淡淡地一笑：「老居士，石老先生，你們說這些都能打聽到，那我就說個打聽不到的吧。老居士，四十年前在杭州城外一個小山村，您給人尋龍點穴的事還記得嗎？據說點穴太正就會招致詛咒，因此您故意錯點一寸。但您應該知道，點穴稍偏必會轉吉為凶，穴越吉則凶越大。您故意點錯，使那戶人家萬貫家財付之一炬，兩個小兒子也在大火中喪生。這事應該沒錯吧？」

雅閒居士不禁臉色大變。行走江湖多年，雖然偶然行騙，但不至於害死人，只有這一次害得一位朋友傾家蕩產、家破人亡，多年來一直讓他耿耿於懷，到今天還以為早已沒人知道，卻不想被人在大庭廣眾之下挖了出來。但是看到眾人投來質疑的目光，他突然冷冷地說道：「沒有的事，小夥子，故事是編得不錯，可惜講錯了場合。」

雅閒居士老臉一橫，死不認帳，就好像徐沫影在污蔑他一樣。哪裡知道徐沫影並不灰心，十分自然地一笑，又說道：「我想是您年紀大了有了些健忘，要不要我說出您那位朋友的名字提醒您一下？您的朋友現在住在杭州城裡，唯一活下來的兒子也在學占卜，而且還極有成就。」

「好了！我想起來了。」雅閒居士老奸巨猾，聽到這裡已經知道徐沫影胸有成竹，肚子裡必然裝著有關自己的大秘密，甚至比自己知道得還清楚，就怕他再多說一個字洩露太多，趕忙開口制止。但他憑什麼會知道？一個二十世紀八〇年代出生在河北的鄉巴佬，甚至長這麼大都可能沒有去過杭州城，會清楚這些深埋在他心底的秘密？難道，他真有這麼大的本事，可以詳細地算出鮮為人知的一切？

想到這裡，他的冷汗便「刷」地流了下來。如果真的是這樣，這個人就太可怕了，自己所有的如意算盤就會全部被此人打碎。但他還存有一點僥倖心理，誰知道這人是不是真就這麼巧，輾轉得知了自己的一點往事呢！

他睜大眼睛向台下瞧過去，瞧著徐沫影那年輕的還略帶稚氣的臉，慢慢便恢復了自信。

這小子實在太年輕了，他能有這麼大本事嗎？就連大宗師屍靈子在他這個年紀都還是無名之輩，難道，他能比屍靈子更強？

薛老爺子雖然年紀不小，但腦袋還很靈光，他自然知道是怎麼回事，心裡暗贊徐沫影好本事，嘴裡禁不住嘆息了一聲：「老了老了，不中用了。我認輸啦。」

徐沫影微微一笑，轉身向薛老爺子鞠了一躬：「前輩，承讓了！」

會場裡明眼人不少，自然已經能看出些許端倪，但多數人還是對徐沫影半信半疑。徐沫影也知道，光憑這點本領仍然難以服眾，他剛要開口要求分席測試，卻聽到臺上雅閒居士又說道：「我承認，小夥子或許是有點本事，可我看離甲等席還差得遠，分席已經進行了一次，結果也已經很明朗了嘛！還在那裡坐著吧！我們進行正事要緊！」

徐沫影一聽，知道雅閒已經對自己產生了懼意，想打壓自己，趕緊大聲說道：「昨天由於其他原因，我沒有能夠盡力，所以，請賀會長准許我重新做一次測試！」

賀六陽這時候也對徐沫影有了幾分信心，他側頭對林子紅笑了笑，暗暗佩服林子紅的眼光。他知道，這個年輕人對自己意義重大，只要他能上主席臺，三對三的局面便可形成，那投票裁決的事情便可無限期擱置。他轉過頭向徐沫影投去期待的目光，重重地點了點頭：「好，那就再給你一次機會，上來吧！」

「慢著！」

這次是石文緒老爺子發出的喊聲。

「怎麼了？」賀六陽問道。

「占卜術數的發揮跟心理狀態關係很大，這我們都知道。分席測試只有一次，這測試某種程度上是不公平的。下面必然有不少人，因為測試時候過於緊張等原因發揮失常，如果大家都要求上臺重測，那我們這萬易節可就不能做別的事了。所以我覺得，此風不可開啊！」

石文緒分析得確實很有道理，他這一說，台下回應的聲音便此起彼伏：「對對，他能重測，為什麼我們不能重測？」

賀六陽十分為難，正想怎麼找個好藉口讓徐沫影上來，卻聽徐沫影在下面高聲說道：「如果重測後不能上甲等席，我立即收拾行李退出萬易節。不知道想重測的各位，能不能做到這一點？」

他這一句話，立刻便沒人吭聲了。即便是真懷疑自己發揮失常的人，也未必能保證再測一次就發揮正常，倒不如好好待著，平安無事的好。

「好！」賀六陽豎起了大拇指，轉頭問幾位老人，「這樣總可以了吧？」

雅閒居士想了想，說道：「既然他這樣說，我們也沒什麼好說的。但是重測嘛，不能跟原來一樣簡單，經過這一天，反覆研究鍵盤定位之後就熟練很多，應付測試就好辦多了。所以我覺得，要多加幾個位數才好。」

沉默了這麼久，林子紅再也聽不下去幾個老傢伙胡攪蠻纏，突然「啪」地拍了一下桌子，叫道：「靠，不就是重測一次嗎？你們還有完沒有？」

賀六陽急忙攔住他：「別這樣，老居士說得也有道理。您認為，應該加幾位？」他知道，越是在緊張的時候，越應該冷靜謹慎。雅閒居士說得確實有幾分道理，如果自己不聽，最後就算真的讓這個小夥子上了甲等席，恐怕也無法服眾。

「你狠！媽的我不管了。」林子紅賭氣不再說話，兩隻胳臂一抱便又倒在椅子上。

雅閒居士狡猾地笑道：「既然林子紅有意見，那就不加了。」

賀六陽急忙說道：「哪能不加啊，公平起見，還是加上吧！您看，加兩位數行不行？」

加兩位就是七位，只比林子紅算得少一位。賀六陽心裡也有自己的算盤，既然林子紅肯提議把卜王的位子讓給徐沫影，那他至少也能算到八位，就算再緊張再發揮失常，那七位數也總能算出來的。

雅閒心裡清楚得很，自然知道賀六陽在想什麼，心想，你不是同意加上去嗎，那就多加兩位，加到比林子紅的極限位數還多，看這小子到底有多大的本事？於是他對著賀六陽笑了笑說道：「哈哈！林子紅不是說把卜王讓給這小夥子嗎？那算九位怎麼樣？既然林子紅能算到八位，小夥子經過一天的熟練，算到九位自然沒問題。」

林子紅心裡暗罵：說你狠，果然狠！

賀六陽這下真拿不定主意了。他抬頭看了徐沫影一眼，只見他仍然若無其事地望著主席臺，望向自己，好像一副自信滿滿的樣子。他一面尋思一面問道：「居士說要你算九位才能上甲等席，你看……」

場上誰也沒有料到，接下來徐沫影一句話就直接打翻了所有人的自尊：「測試程式最高到幾位數？」

話音剛落，一個年輕的服務員走到林子紅身邊，拿過麥克風向他答道：「六十四位！」

徐沫影離開座位，臉上掛著微笑，一面往臺上走一面說道：「好，就給我調到六十四位。」

他說得很輕鬆，但一句話便讓全場的男女老少幾乎都目瞪口呆。

所有人都驚詫莫名，面面相覷無言以對，所有人心裡都只有一個念頭——他瘋了！

六十四位數的難度到底有多高？

如果你熟知鍵盤的鍵位，操作熟練，而且熟記了那六十四位數，在半分鐘內你一定可以把這個數字打出來。

如果數字鍵是隨機的不按順序的，你的操作一定很不熟練，你的眼睛一面要瞄著螢幕一面要看著鍵盤，費力地打這些數字，半分鐘內你保證能完成嗎？

在加上如果你根本不知道鍵位在哪裡，也不知道數字是什麼，而你要把一串長長的六十四位打出來，你只能邊算邊打，還要時刻記住六十四個數字你算到了哪一位數，十個數字鍵分別在什麼地方，再互相核對，一個一個敲出來。以一個普通人的大腦蒙上眼睛去打這個數字你只能是邊打邊「卜」，「卜」了再算，算了又「卜」，很難進行得下去。

徐沫影面臨的就是第種情況，這種隨便一想就能讓場上所有占卜大師們絕望的情況，但

是，他提出來了，並大踏步地走上去了。

在他說出這話的那一刻，藍靈差點驚叫出聲，趕忙伸手捂住了嘴巴，睜大水汪汪的眼睛看著他邁著穩健的步子一步一步走向主席臺。

六十四位！

最信任徐沫影的林子紅再也無法在椅子上悠閒下去，一下子坐直了身體，用迷惘而驚訝的眼神望著他。他真懷疑自己搞錯了，從頭到尾都搞錯了，他信錯了人。他是這裡最大的行家，他知道自己算到八位數有多大難度，至於六十四位，絕不是八個八位數那麼簡單，就算是鬼谷子重生他堅信也算不出！

雅閒居士竟然忘記了笑。他一定是勝利者，但他只有旁觀者的驚訝和好奇，而忘記了以勝利者的姿態微笑或者大笑。他搞不懂徐沫影的用意是什麼。六十四位，半分鐘完成，這已經是占卜領域的天文數字了，何況還要找出鍵盤位置，再打出來！

賀六陽已經徹底放棄了。他看徐沫影眼神清澈炯然閃亮，相信他並沒有瘋。他一定不是瘋了，而是因為算不到九位數而自暴自棄，要不然就是想吹吹牛作作秀，自知闖不過這一關，因此想給大家一個最後的驚嘆。

賀六陽失望地看著大步走來的徐沫影，嘆了口氣，說道：「你回去吧！不用算了，這測試不算數，你也不用退出萬易節。」

徐沫影不禁一愣，停下腳步不解地問道：「為什麼讓我回去？還沒算呢！」

賀六陽眉頭皺了起來說道：「你真的要算？」

「當然要算！」

林子紅呆呆地看著他，不發一言。

雅閒居士忽然說道：「讓他算吧！我想看看他怎麼算。」

賀六陽在心裡把雅閒咒罵了無數遍：怎麼算？還能怎麼算？這個題目恐怕在往後數百年的占卜史上都是個笑話！

這時候，電腦、桌椅……等需要東西都已經放置好了。服務員走過來對賀六陽說道：「賀先生，已經調好了，六十四位。」

賀六陽看了看林子紅，心說，今天你這個醜可真是出大了！他無奈地低下頭，向徐沫影揮了揮手：「測吧！」

整個會場，只有一個人是信任他的。那個女孩坐在會場的最後一排，閉上美麗的大眼睛，雙手合十默默在心中祈禱：「沫影，你一定可以做到的，你一定可以！」

在近三百雙的眼睛的注視之下，徐沫影大踏步走上主席臺坐在電腦前面，泰然自若地面對眾人微微點了點頭。

兩眼蒙上黑紗的那一剎那，靈覺就隨著他沉靜的呼吸緩緩開放，它就像一朵蓮花，慢慢地打開每一瓣光明，黑暗退去，一個奇妙的世界現身。在這個世界裡，徐沫影才是真正的主宰，他可以有全方位的「視角」，可以小範圍地感知一切，這個範圍，就在他的感覺點周圍。

靈覺不是視覺，但比視覺更清晰、更深入、更廣闊。電腦螢幕就在前面，螢幕上一切都在，位數、鍵位、輸入框，一切一切他都感覺得到。只要他選擇自己的感知範圍，一切就都了然於心。

計時開始。他迅速地按下第一個鍵。

在靈覺開放的情況下，他所做的就相當於一個已經記住六十四位數字的人，用一個不太熟悉的鍵盤把數字輸入電腦，僅此而已。

死寂，偌大的會場裡一片死寂，人們甚至可以聽到自己汗珠滲透肌膚的聲音，而後，大螢幕上的計時器開始轉動，同一時間，鍵盤被劈啪敲響。

在場的很多人都相信，終其一生，他們從來沒有這麼認真地聽過時鐘的滴答聲和鍵盤的敲擊聲，那一刻這一切聲響都因為好奇驚訝和迷惑而變得不再單調。

對於藍靈來說，時鐘、鍵盤、呼吸、心跳，構成了她的一切，她緩緩地睜開眼睛，一眨不眨地盯著大螢幕，畏懼著並期盼著，尋找著並等待著。

這是前所未有的挑戰，是超出一切占卜界限的挑戰，她清楚，比誰都清楚，但她只是固執地一相情願地相信，奇蹟將會發生，恥辱將被洗刷，他，無所不能！

當一個女孩真正把自己的心交給一個男人，那她只有無條件地信任。

時鐘在轉動，滴答，滴答……。

輸入框裡的數字在逐漸增多，一個，兩個，三個……。

六十四位數，電腦顯示欄根本不夠長，除了開頭那幾個，多半數字被覆蓋在灰色的背景下面。但徐沫影一動手，人們便能看見他輸入欄跳出的位數，竟然跟顯示欄裡的第一個數字都是相同的。

隨著他數字的跳出，每個觀看者的腦子裡都不由自主地跳出一個大大的驚嘆號。

在大螢幕上，人們能清晰地看到數字鍵的實際位置，也能看到徐沫影十指來去飛舞的路徑。他那十根略顯秀氣的手指，彷彿長了眼睛一樣，每次都準確無誤地敲擊在數字鍵上。一次，兩次，三次……

第二位數字跳出來，緊跟著是第三位，第四位……

人們的腦海中迅速地積累起一串長長的驚嘆號，他們一眨不眨地盯著大螢幕，嘴巴張得大大的，合不攏，再也合不攏。這時候人們才恍然發現，原來世界上真的有一種觸動人心的感覺，是遠遠超過了驚訝的感覺——叫做讚嘆！

隨著對鍵盤的熟悉，徐沫影的手指越來越敏捷，動作也越來越快，飛舞、穿梭、敲擊、跳躍，瀟灑自如，行雲流水。

短短五秒鐘，已經敲下了十個位數，全部正確！這早已經突破了林子紅那令眾人仰望的記錄，已經是一個奇蹟！然而奇蹟絕不僅僅是這些，手指飛舞不停，鍵盤響動不休，位數迅速地填滿了輸入欄，新數位又將老位數一個個擠到灰色背景的後面。

人們只聽見鍵盤在響，只看見數字在動，已經記不得數到了多少位，也分不清哪個對哪個錯，能看清的只剩下計時器的時間。

十五秒、十六秒、十七秒……

徐沫影不知道，人們的驚訝正在一點點變成震撼和恐懼。或許局外人並不知道徐沫影的占卜手段意味著什麼，比如這些在大廳裡遊走來去端茶倒水的服務員，此時僵立地看著螢幕就像在看一場雜技表演，但這些占卜界的高手沒有誰心裡不清楚，這個人的預測，已經到了駭人聽聞的地步。

他算得太迅速、太精細，就像能親眼看見親耳聽見。到現在，這些平日裡自負的占卜高手終於意識到自己還差得太遠了，這，才是真正的高境界的占卜！

大廳裡，計時器依然在響，那響聲太大了又太小了，它轉得太慢了又太快了。這響聲讓有些人哭，哭得絕望而又突如其來，這響聲也讓某些人笑，笑得瘋狂卻出乎意料。

二十七秒、二十八秒、二十九秒……。

心跳，心跳，心跳……終於，計時器結束了它短短半分鐘的使命，鳴響一串長長的刺耳的鈴聲。徐沫影淡然地解下臉上的黑紗布，正襟危坐，等待程式驗證自己的成績並宣佈結果。

台下的人們茫然地看著大螢幕，那裡只有一小段數字，而且沒有人知道對錯。

林子紅已經找不到一個詞語來形容自己的心情。不用看後面的結果，只需要看前五秒，

五秒就算出並敲出十個數字，這已經極大地超越了自己，光憑這前五秒，卜王的位置也已經非徐沫影莫屬，何況後面，後面還有這一連串近乎恐怖的測算，那長長的數字足以讓任何大師焦頭爛額，怪不得自己占卜他的實力時只是覺得深不可測。

雅閒老居士現在很想找個地方去大哭一場，女徒弟曾多次央求式地向自己推薦這個年輕人，而自己卻屢屢忽視，甚至對他還有些蔑視和深深的成見。在他挖出自己秘密的那一刻，他甚至對他恨之入骨。那時他已經知道這年輕人或許有些本事，但沒想到，他的本事竟完全超乎自己的想像！六十四位數，他苦笑，自己從頭到尾念完也要花上半分鐘吧？現在，這樣一個奇才中的奇才由於自己的蔑視而從自己陣營溜走，從容地站到了對立的一方。

從上午的會議開始到現在，賀六陽的心裡上演了一齣由絕望到希望、又由希望到絕望、最後又從絕望到驚喜的悲喜劇。他不得不開始相信，這個世界上，奇蹟真的存在！

三十秒鐘過後，賀六陽激動地看著徐沫影默默摘下黑紗布，平靜依然。他悄悄地伸出大手，跟林子紅的手緊緊地握在一起，用力晃了兩晃。兩個好朋友此刻心潮澎湃，他們知道，他們終於等到了一個可以幫助他們的年輕人。

無須等待什麼判定，只憑前十位數的準確性，他們就擔保能把徐沫影拉上主席臺。可是，他們萬萬沒有料到，震撼才只是剛剛開始。

寂靜的會場裡，突然傳來那個生硬的電腦模擬音：

「半分鐘計時結束，要求輸入41267……實際輸入41267……核對完畢，完全正確！恭喜您成為甲等席貴賓！」

話音落地，全場駭然！

在那之前，很多人見徐沫影運指飛快，還以為他把後面的數字亂打一氣用來湊數，卻原來從頭到尾六十四位數字真的一個不差！

倘若不是親眼所見，絕不會有人相信，可是現在，事實無可否認地擺在眼前。

在眾人為之驚駭的時候，坐在後面的藍靈正在喜極而泣。她的眼淚隨著機器女聲的結束「刷」地流下來，本來為了不讓別人看到她趕緊低頭擦去臉上的淚珠，但剛剛擦掉舊的，新的又湧出來，後來她索性讓自己大聲哭出來，盡情地用眼淚釋放著自己的欣喜。

這個時候，該是藍靈為自己的感情選擇而驕傲的時候。自己不顧一切深愛的人終於獲得了認可，沒有什麼比這更讓她快樂，她有什麼理由拒絕眼淚？

臺上，徐沫影在眾人欣羨、敬服和畏懼的目光中站起來，微笑著準備走下臺去，準備坐回到藍靈身邊。卻聽到主席臺上響起一個人單調的掌聲。他停下來回過頭，卻見賀六陽正在對著麥克風鼓掌，賀六陽一雙深沉的眼睛望著他，難以掩飾眼底的興奮和喜悅。

「大家歡迎我們本屆萬易節第七位甲等席貴賓入席！」

賀六陽剛剛說完，頓時，全場掌聲雷動。

徐沫影面帶微笑，向台下深深地鞠了一躬，又轉身向臺上的幾位前輩鞠了一躬，然後大步走到主席臺上，坐在了林子紅的身邊。他屁股剛一沾椅子，林子紅便笑著拍了拍他的肩膀：「兄弟，歡迎你歸隊！」

徐沫影淡淡地一笑，向台下最遠處望了一眼，低聲問道：「我有個小小的要求，不知道能不能讓靈兒跟我坐一起？」

第十一章　神秘的玫瑰

甲等席的桌椅跟下面沒什麼不同，唯一不同的是，在這裡你可以俯瞰別人。

徐沫影走上主席臺的時候，一如既往地覺得自己不適合這裡。對面是黑壓壓的人群，是無數雙以各種心情望向自己的眼睛，當然，人們的目光多半是因為自己剛剛的表現有些過火。並不是他喜歡挑戰難度，更不是他想一鳴驚人，實在是心情有些激憤。雅閒居士和石文緒的百般刁難促使他主動提高難度，做了這個駭人聽聞的測試。完成了，他反而覺得心裡很不自在。

招搖過市不是他的本心。

他突然想到柳微雲，想到她不來這裡的原因。在這種地方，沉默絕不是什麼萬全之策，有時你不得不驚雷般在天際轟然一響。可是之後你會發現自己也沒了，只剩一堆碎片正飄搖於一個虛飄飄的高空。

不管內心裡如何想，表面仍然是那麼的從容平靜。徐沫影坐下來向台下最遠處望了一眼，在那裡，藍靈也正在望著自己。他感受到了她的快樂，也感受到了她的孤單。

徐沫影側過頭向雅閒居士低聲說道：「讓靈兒一個人在下面不太好，我想跟她坐一起。」

林子紅看了看他：「你上臺就沒別的話要說嗎？」沒等徐沫影回答，他看了一眼台下的藍靈，又對徐沫影說道，「你想讓她以什麼身分上來？徐夫人？」

徐沫影連忙擺手：「不行不行！那絕對不行！」

「那沒辦法。這種正式場合她不能上來，吃飯和外出倒勉強可以跟你一起。」

兩個人正在私下議論，卻聽主席臺的另一側響起一個沙啞的聲音：「雖然徐先生測出了六十四位數，但我心裡卻更加疑惑不解，我想各位也有同樣的疑問。占卜術數的理論和演算法，基本上有著極限存在，半分鐘計算六十四位數字，超出這個極限太多了，這無法解釋。徐先生很有作弊的嫌疑啊！」

徐沫影和林子紅尋聲望去，說話的原來是石文緒老先生。

「那我來解釋一下！」徐沫影拿過了麥克風，向台下眾人說道，「大家都知道庖丁解牛的故事，技藝嫻熟的屠夫向來都是『目無全牛』、『遊刃有餘』，這是一種感覺，由技藝的精湛帶來的一種感覺。道理是相通的，每一種技藝的極點都會帶來一種感覺，占卜術數也不外如此。易所發展出的感覺是一種快速的探知能力，我跟別人沒什麼不同，只是有一定的占卜基礎，又學到了打開這種感覺的方法而已。不知道這麼說，大家明不明白？」

台下眾人開始交頭接耳議論紛紛，顯然對徐沫影的話不甚理解，臺上幾位也是面面相覷一副不明所以的樣子。

徐沫影一見眾人的反應，只得繼續說道：「因為今天還有別的會議安排，我就不多做解釋了。不是說後天安排占卜學術報告嗎，不如我到時候再為各位詳解一下。」

眾人點頭，沒有人有異議，即使雅閒老居士到了這個時候，也只能認了。

接下去自然而然就是甲等席上的七個人對投票重新進行表決，結果都在預料之中，三人反對，三人贊成，一人棄權。徐沫影也長舒了一口氣，總算不枉自己上了一趟主席臺。

就這樣，十點多鐘，上午的會議提前結束，就在大家都收拾東西準備離場的時候，卻見藍靈突然在後面站起來大聲說道：「請大家先別走，還有件事情沒有解決呢！」

賀六陽一聽，不禁詫異地問道：「什麼事情？藍小姐請說。」

「昨天晚飯時間，在我們末等席餐廳裡，石文緒老先生的孫子石航提出要跟沫影比試占卜，在沫影拒絕之後呢，石航的父親石宗南又趕了去，提出要跟沫影在會議大廳比試，還說想讓大家一起觀看。比試還沒有進行，大家怎麼能走呢？」

徐沫影為人謙和，不願意抓住這件事情不放，哪知道藍靈卻站了出來。她對昨晚的事情仍舊耿耿於懷，不能拿自己的師父開刀，卻很想給石家祖孫三人好好地上一課。

「比試？為了什麼？」石文緒竟不知道還有這回事，驚訝地問道。

「問問你家的寶貝孫子吧！」

聽藍靈一說，石文緒將目光轉向自己的孫子，嚴厲地問道：「到底為了什麼？」

石航低著頭站起來，無精打采地低聲說道：「為了藍小姐。要是誰贏了，藍小姐就跟著誰。」

大廳裡一時無比安靜，因此石航聲音雖小，眾人仍能聽得清清楚楚。大部分人對這件事都有所瞭解，倒是主席臺上的幾個人毫不知情，聽完之後各自搖頭。

石文緒聽完臉色鐵青，鬍子一抖一抖地罵了一句：「胡鬧！」

其實這比試最初是藍靈挑起來的，並不能全推到石航一個人身上，徐沫影覺得很過意不去，站起來說道：「石先生的本意只是切磋交流，那都是開玩笑的話，不能當真。約定確實有一個，如果石先生還想比，那我們就小小地比一下。」

既然藍靈把事情擺出來了，倘若不比，徐沫影倒覺得是自己瞧不起人。

可石文緒和石宗南並不這麼想，他們想的是，以徐沫影上午表現出來的實力根本就沒有比試的必要，現在他還要比，擺明了是想羞辱他們一番。

石文緒十分難堪，擺了擺手說道：「我看不用比了！我這不成器的兒子孫子不知好歹，請徐先生不要介意啊！」

徐沫影笑道：「不介意，正常的交流嘛，我怎麼會介意呢？」

於是這件事就算這麼過去了，雖然藍靈並不十分滿意，但也達到了讓石家當眾出醜的效果。她一看到石文緒那張尷尬氣憤的老臉，心裡就覺得舒服很多。但她剛想走上去找徐沫影，卻被迎面走來的三師兄攔住了：「師父叫妳去一趟。」

離午飯還有點時間，出會場大門的時候，徐沫影心裡忽然有種不祥的預感，心裡惴惴不安，正想卜一卦，卻覺得頭暈腦漲，精神完全集中不起來，甚至比昨天第一次開放靈覺之後還難受。他趕緊跟大家道了別，匆匆地趕回了自己的房間。

房門反鎖之後，頭痛欲裂的他一下子撲倒在床上，他現在才意識到，靈覺的使用並不是少耗費腦力，而是預支了大量的腦力。現在，他不得不面對靈覺痛苦的逆襲。

折騰了許久之後，徐沫影在昏昏沉沉中失去了意識，等他醒轉過來，發現室內光線昏暗。他趕緊爬起來看了看手錶，果然不出所料，又已經到了下午六點。從上午十一點睡到下午六點，他這次睡了整整七個小時。

下意識的，他轉頭向窗臺望了一眼，在那裡，又一束紅豔豔的玫瑰花在悄然散發著芬芳。

徐沫影腦中馬上閃過碧凝的影子，那個笑靨如花的女孩，有種種非常的手段，只有她有辦法把玫瑰放進自己的房間。他粗略地進行了一下占卜，果不其然，解讀的卦象嚴重偏離了現實內容，再次得出無法預測的結論。這結論的得出，必定與鏤空八卦牌之類反占卜物體有關，碧凝也有一個鏤空八卦。

這麼說，碧凝也來了羅浮山，那她為什麼躲躲藏藏不出來？既然不想出來還送花做什麼？什麼花不好送偏偏是……玫瑰？

徐沫影翻身下了床，拖著鞋子走到窗前，拿起那束玫瑰花湊近鼻子聞了聞，突然想到了柯少雪。經前天一次通話以後，由於不太方便，兩個人就再沒聯繫過，也不知道她有沒有繼續參加比賽。他想，他應該給她打個電話，至少，也送上這麼一束玫瑰花。

想到這，他就覺得無法等待一秒鐘。

立刻轉身開門出去，卻不料門口已經守了一個女服務員，那女服務員見他出來，點頭一笑說道：「您醒啦?有位小姐吩咐說，叫您醒了以後馬上去飯店對面的酒樓二層。」

「那位小姐是不是很漂亮，穿天藍衣裙，脖子上掛著三枚銀光閃閃的古幣?」

「是的。」

「好的，謝謝妳。」

不用算，徐沫影也能猜到到底有什麼事。若是藍靈單獨跟自己吃飯，絕對不會這麼大張旗鼓，一定是雅閒那老爺子腦袋開了竅，突然想跟自己拉拉關係了，說不定還要在飯桌上撮合自己跟藍靈兩個人。

這頓飯，無論如何他不會去的。

徐沫影現在只想找個網咖上網，訂一束花送給柯少雪。他向門口的服務員打聽了附近的網咖位置，就出門順著山路向網咖方向走去，結果沒走幾步，就有人在身後叫住了他：

「兄弟，去哪裡啊?」

是林子紅的聲音。

徐沫影一愣，轉過頭一看，卻見林子紅叼著一根香菸晃過來，伸出大手，習慣性地在他肩膀上拍了拍，若無其事地問道：「你午飯不吃，下午又缺席，是不是又睡覺了?」

徐沫影一笑：「是啊，精神狀態不是很好，總是想睡覺，一睡就睡過頭了。」

「你不知道，你不在，那幾個老爺子最高興了。大家都算到你在睡覺，也懶得叫你，眾人你一語我一句當中結束了。現在醒了，你要去哪裡？」

「我想去網咖。」

「網咖是個遠距離談情說愛的好地方啊！早點回來。」林子紅拍了拍他的肩膀，嘿嘿一笑，轉身叼著菸走開了。

徐沫影知道，很多事情根本瞞不過林子紅，他不好意思地笑了笑，轉身往前走。

其實，徐沫影對網咖這種地方很陌生，甚至說有一種本能的抵觸。現代的孩子和年輕人，很多人的墮落都是從網咖開始，因此當他走進網咖，並看到無數個對著電腦螢幕的腦袋時，心裡說不出的厭惡。網咖裡的空氣也很差，但為了自己浪漫的計畫，他還是按捺住掉頭離開的衝動，坐在一台電腦前面，打開主機。

當他登上數天未上線的QQ時，柯少雪跳動的頭像立刻像轟炸機一樣丟過來無數的留言：

「在嗎?為什麼這麼久都不上線?」

「你到底去哪裡了?」

「你的歌詞我看到了，寫得太好了，我已經譜了曲。」

「……」

「我參加了今年的青歌賽，並且唱了那首歌，我想你一定沒看到吧。我這兩天收到了很

多歌迷的來信，這首歌似乎已經開始流行了！我心情很好，身體也好很多，這一切都是因為你，不管怎麼說，我必須謝謝你，你拯救了我。有時候，一句不經意的話，一個不起眼的關心可以拯救一個人的人生。真的是這樣。」

「……」

「你真的喜歡我嗎？為什麼上次要拒絕我呢？只有這一點我想不通。放下電話以後我想了好久，覺得心裡好幸福，那種久違的幸福就好像整個世界重新粉刷了一遍，就像……我又獲得了一次完美的重生。不知道該怎麼說了。我，很想你，想立刻見到你。」

看到這，徐沫影的心底悄悄湧上一股甜蜜的感覺，臉上不由自主地掛上了一抹微笑。以柯少雪那種極羞怯的個性，恐怕「我想你」這類話只能在QQ上面才能寫出來，電話裡是無論如何說不出的。

看留言日期，在兩個人通話之後，柯少雪的留言還有另外一條，上面寫道：

「早上醒來又想起你，於是在房間裡一直彈唱為你寫的那首歌。說起來，這個曲子你還沒聽過呢。我打算在決賽中演唱，只是不知道你能不能看到。決賽就在大後天晚上八點開始。這兩天要彩排，還有一些媒體採訪，應該不太有時間上網留言了，你在外地要注意安全。」

看來她還幫自己寫了一首歌，那這個決賽自然非看不可。留言日期是昨天，那麼決賽應該是在後天晚上。徐沫影暗記在心，然後也寫了一條留言發送出去：

「雪，我現在在羅浮山參加萬易節，過幾天就回去。留言已經看到，後天一定等在電視機前看妳的比賽，先預祝妳成功！我也很想妳，想立刻見到妳。」

簡單地說了幾句，他並沒寫要訂花的事，總覺得給她一個驚喜更好。

關掉QQ，他搜尋到一家著名的連鎖花店網站，在上面訂了九十九朵玫瑰。九十九朵花到底是多少，他沒什麼概念。之前跟淺月戀愛的時候，因為生活困窘，他從來沒有送過花給他。

離開網咖，走在返回飯店的路上，他突然想到淺月，心裡竟突然湧上一股抑制不住的悲傷。

假如她還活著，這束玫瑰，該是送給她的吧？

第十二章　深山隱者

返回飯店之後，徐沫影的困倦感又不期然地襲來，他再次反鎖了門，爬上床，睡了一個舒舒服服的長覺。第二天早上，當他神采奕奕地醒過來，那扇房門已經不知被敲過多少遍了。

他起身開門。藍靈幽怨的目光直射向他，她的憂傷和美麗一樣動人，她看了看他衣衫不整的樣子，開口問道：「昨晚不去參加我師父的酒宴，為什麼？」

徐沫影老老實實地答道：「我只是不想再跟妳師父扯上什麼關係。」

藍靈看著他，過了好一會兒，笑容忽然從嘴角邊漾開：「其實我知道，師父那樣對你，你一定不會再買他的帳，可是他畢竟是我的師父，也是甲等席七人之一，你們不能鬧得太僵。這屆萬易節過後，你就是易協的核心人物了，還是萬易節卜王，你必須適當地處理一下你的人際關係。」

徐沫影一笑：「好了，我知道了，等我梳洗一下就去吃飯吧！」

藍靈很瞭解他，她知道徐沫影還跟從前一樣，心思完全不在名利之上。但對她來說，這些也並不是那麼重要，只要他心裡有自己，那她將別無所求；因此，她看著他轉身進入洗手間，只是淡淡地說了一句：「今天不開會了，大家一起去遊覽飛雲峰。」

飛雲峰是羅浮山主峰，離東坡飯店並不遠，中間只隔了一座山峰。本來眾人商議是坐車過去，然而旅行社的車遲遲不到，眾人在飯店門前等得十分焦急。徐沫影遠眺群山，見山清水秀，忽然起了健行的念頭，便走過去跟賀六陽說道：「既然車子很久才能來，我想用走的從這座山翻過去，大概也就幾里路，中午我們在飛雲峰下會合，怎麼樣？」

他這一提議，藍靈馬上跟了過來：「我也一起去。」

賀六陽看了看兩人，笑著道：「好吧，從北京來一趟羅浮山不容易，是該給你們一點製造浪漫的機會。你們倆去吧，不過請注意安全，別迷了路。」

藍靈馬上搶著答道：「放心吧，我們鼻子下面還有張嘴呢，遊客這麼多，我們可以邊走邊問路！」說著，她伸手一拉徐沫影的胳臂，「我們走！」

徐沫影本想跟賀六陽解釋點什麼，但在藍靈的強拉之下，只好在無數單身漢豔羨的目光裡踏上了陌生的山間小路。

他們不會知道這一去，便是迷途。

山路回環，奇景迭出。藍靈一路走來興高采烈。路邊還有些賣羅浮山特產的本地攤販，女人購物的欲望被一遍遍地刺激起來，於是還不到一半的路程，徐沫影便提著兩大袋的百草油、甜茶、以及各種草藥。

徐沫影提著一堆東西跟在藍靈後面，無數次地想到要對她說明自己的感情歸宿，但是見她難得有這麼好的興致，就怕自己把這次遊玩搞得不歡而散，只得把念頭壓在心底。他覺得，最適合講出真相的時間便是在分道揚鑣的時候，那時候他只需要一轉身，便看不見她的眼淚。但他轉念又覺得這未免太自欺欺人，因為那時候只要他一閉眼，必然是藍靈哀哀淒淒淚流滿面的畫面。最好的辦法就是找個時間狠下心當面說明，可是，這也是他最難辦到的事情。

一個人隨性隨心，一個人心猿意馬，兩人轉來轉去竟不知身在何處，想要打聽一下方向的時候，卻發現周圍已經沒了遊客。迷茫中抬頭四望，只見遠遠的山路盡頭，有一處紅磚綠瓦的小院落，靜靜地坐落於半山腰上，彷彿正等待迷途的遊人。

藍靈欣欣然伸手一指：「這真是避世隱居的好地方，出門只見山石花林，抬頭就是白雲藍天。等我賺夠了錢，也來這裡好了！」

徐沫影笑道：「妳的字典裡，恐怕少一個『夠』字，想做個世外高人，還是等下輩子的好。我們快上去問問路，順便找水喝。」

兩人一邊說著話，一邊順著山路往上，忽然間就從路邊的樹林裡鑽出兩個農家小孩，每人背後背著一個竹簍，一面蹦蹦跳跳地，一面說說笑笑。好久沒見到人影，突然看見這兩個活潑的小孩，藍靈張嘴就喊道：「小弟弟，請等一下！」

小孩聽到背後的喊聲，頓時停止了說笑回過頭來。

兩個孩子長得都很可愛。其中一個面皮白淨，眼神靈動，透出一股聰明勁，另一個皮膚

稍黑，黑亮的眼珠折射出與年齡不相稱的成熟穩重。

這兩個孩子，他們見過。

徐藍二人不約而同地想起了第一天到達飯店時候的遭遇，不禁相互對望了一眼。

白皮膚的孩子打量了他們一眼，便嬉笑著迎上來說道：「哥哥姊姊，我在山下見過你們！哥哥是姓徐對不對？」

黑皮膚的小孩也認出了他們，但只是站在原地，遠遠地不聲不響地看著他們。

「對，我也記得見過你們，你們兩個住在這山裡嗎？」

那孩子用手一指山路盡頭的小院落：「嗯，你看前面那座房子，我們就住在那裡！這邊很少有人來的，你們是不是迷路了？」

藍靈俯下身來親暱地拍了拍小孩的肩膀：「是啊，哥哥姊姊迷路了，正想去你們家裡要點水喝呢！」

「可以啊，爺爺很好客的，跟我們來吧！」

接到小孩熱情的邀請，兩個人便跟著他往上面走去，黑皮膚的小孩盯著兩個人看了幾眼，也默默地跟在後面。

藍靈很喜歡這兩個孩子，一面走一面問道：「你們是兄弟嗎？」

「嗯，我們是雙胞胎。我叫柳蒙，山水蒙的蒙，他叫柳渙，風水渙的渙。」

山水蒙，風水渙，這是易經六十四卦中的兩個卦名。山水蒙，有啟蒙、教育、遊山玩水之意，又暗示兩性關係的蒙昧；風水渙，風行於水上，有順風揚帆之象，占卜上常用此卦來解釋風水術。

名字與易經卦名暗合，似乎預示了兩個人不同的人生走向。徐沫影跟藍靈不禁又對望了一眼。

「那你們誰是哥哥，誰是弟弟？」

柳蒙隨即答道：「我是哥哥，他是弟弟。」

他的話音剛落，柳渙便立即出聲反駁：「明明我是哥哥！」

「我比你大，我是哥哥！」

徐沫影笑道：「你們別爭了，我來猜一猜。柳渙應該是哥哥吧？柳蒙是弟弟，對不對？」

兩個小孩異口同聲地問道：「你怎麼知道？」

「因為哥哥性格要穩重一點，弟弟更活潑可愛一點。」

徐沫影沒說實話，實際上他是算出來的，這並不需要多少時間，以他的能力，兩秒鐘就夠了。但是很遺憾，他話音剛落，藍靈便笑吟吟地否定了他的猜測：

「這次你可真的錯了，柳蒙才是哥哥。」

利用目光相接的一剎那，把小孩心裡所想的東西用讀心術竊取過來，這可比卜卦靈驗多了。

可是這麼簡單的問題，徐沫影竟然會算錯，他有點不敢相信。問題再複雜一點，或許會出錯誤也說不定，但這種基礎性質的測算，徐沫影百分之百可以應對，除非——除非他又遭受了反占卜寶物的衝擊。難道這兩個孩子身上竟也藏有鏤空八卦？

反占卜的八卦能作為萬易節卜王的獎勵和信物流傳下來，那足以證明此類物品的稀少。徐沫影在碧凝身上也見到一個，說明碧凝背後必然隱藏著一個占卜高人，單看碧凝的奇異能力，他就能確定這一點。改變靈體或創造靈體，只有習得化氣之術的人才能做到。如果眼前這兩個孩子身上也同樣藏有鏤空八卦，那只能說明，這兩個孩子背後也藏有同樣的高人，差不多同樣是會化氣之術的高人！

自從屍靈子開創化氣之術以來，持有《卜易天書》的人據說只有四個，那麼學到化氣之術的人，也差不多是這個數。除了同為三宗師之一的童天遠，其他三個人都名不見經傳，彷彿人間蒸發了一樣，說不定，其中一個就隱藏在羅浮山這座人跡罕至的小院之中。

想到這，徐沫影又驚又喜。

「呵呵，是我猜錯了，原來是哥哥活潑聰明，弟弟清新穩重。」

小孩畢竟是小孩，聽了徐沫影誇獎的話都各自沾沾自喜，領了兩個人又連蹦帶跳地往小院走去，一面喊著：「快點，快點啦，就在前面！」

走近院落，小院子並不大，一個小花圃占去了大部分，剩下的又被柵欄占去了一半，再

加上一條小路一口井，整個農家小院呈現眼前。柵欄前面，站著一個六十多歲的老人，長得很和善跟一般農村裡的老人沒什麼兩樣。看見兩個孩子回來，他笑吟吟地迎上來問道：「蒙蒙，渙渙，今天上午又採了多少藥材啊？」

「我採了一大竹簍呢，爺爺！」蒙蒙一面回答一面推開柴門走進院子，「這裡有兩個迷路的客人，想來我們家歇一歇要點水喝。」

「好，好！」老人笑著向藍靈和徐沫影點頭致意，「請先進屋去坐坐，我這裡偏僻，沒有自來水，只有口水井，水質還算甘甜，我這就給你們打點水，好好解解渴，呵呵。」

徐藍二人連聲道謝，在兩個孩子的引領下走進屋子。

瓦房三間，簡單樸素。左邊是兩個孩子的臥室，右面是老人的臥室，中間是廚房。兩個孩子熱情地帶著兩人進了他們的臥室，臥室裡除了兩張小床便只有一個長長的板凳。不過，兩個人的床頭上都擺了一些書，隨手一翻，除了小學教材，便全是風水術數，譬如《卜筮正宗》、《子平真詮》、《神峰通考》之類。

徐沫影很想到老人的臥室去看看，但礙於禮貌不好過去。老人提了水進來，給他們分別倒了一大碗水，說道：「放心喝吧，經常會有客人來我這要水喝呢！待會你們走的時候，我再拿水壺給你們裝點帶著，免省得路上渴了又沒水喝。」

「謝謝老伯！」徐沫影接過水道了謝，又借機會仔細打量了老人一番，卻沒發現他有什麼出眾之處，於是禁不住問道：「老伯，這裡只有你們祖孫三人一起住嗎？」

老人還沒回答，快嘴的蒙蒙便說道：「原來是姑姑跟爺爺一起住，後來姑姑去了北京，爺爺就把我們倆接過來了。」

老人責怪似的看了蒙蒙一眼：「就你話多！大人說話，小孩子不要插嘴。」

蒙蒙不再說話，低頭埋在碗裡喝水，兩隻大眼睛卻滴溜溜直轉，在徐沫影身上掃來掃去。

「真巧，我們就是從北京來的呢！」藍靈笑道，「不知道您女兒住在北京什麼地方，我們可以給您帶個口信過去！」

「不用不用，兒女們長大了，就得讓他們自由飛，我可不想讓他們惦記擔心著。再說她住在哪裡我也不知道。」

徐沫影仰頭喝乾了碗裡的水，順手從渙渙的床頭拿起一本厚厚的《紫門全書》，向老人問道：「我發現孩子們都在讀占卜術數，這些是您教的嗎？」

老人微笑著擺了擺手：「要說草藥中醫我還多少知道一點，但這看相算命的東西，我可是一竅不通啊，那都是孩子們有興趣，自己學的。」

儘管徐沫影十分懷疑，卻無法從老人身上找到一點漏洞。難道兩個孩子背後的高人不是這個老人？

兩個人又東拉西扯跟老人聊了一會兒，向老人問了路，便準備動身繼續趕往飛雲峰。走出孩子臥室的屋門，徐沫影透過簾子向老人屋裡瞟了一眼，竟發現櫃子上放著一疊黃的紙張。這種紙張倒像是柳微雲拿來畫符用的那種。徐沫影心裡又是疑雲四起，可是這老人隱藏得實在太深，怎麼也套不出他的話。

祖孫三人把徐藍兩人送出院子，又送了很遠，在藍靈和徐沫影的一再婉拒下才止住了腳步。

當兩人走出很遠之後，藍靈回頭又望了一眼，突然問道：「你猜，我聽老人提到他女兒的時候想到了誰？」

徐沫影一愣：「柳微雲？」

「是啊！那兩個孩子姓柳，老人一定也姓柳，他女兒又去了北京。真是太巧了！」

「還有更巧的，」徐沫影淡淡地說道，「那老人屋裡有很多紅色和黃色的符紙，很可能跟柳微雲一樣，精通符咒之術。」

藍靈想了想，說道：「可是微雲的符咒之術是從她師父那裡學來的啊！」

「父親也可以是師父。妳對柳微雲瞭解多少？妳們怎麼認識的？」

「我確實對她瞭解不多，她謹慎機警，隱藏得很深，用讀心術也讀不出來什麼，時間久了，我就再沒對她使用過讀心術。說起怎麼認識的，可就好玩了……」藍靈說到這，浮上一臉燦爛的笑容。

「那是在兩年前的冬天，北京下了一場大雪，我出門去超市，卻在超市門口看見一個女孩，天那麼冷，我裹著羽絨大衣都冷，她卻只穿了一件黑色單薄的外衣。」

徐沫影不禁皺起了眉頭：「那是柳微雲？」

「對，就是她。雖然她衣服很舊很髒，但長得實在太漂亮了，看上去還是那麼美，不然我可不會注意到她。」

漂亮女人見到漂亮女人總會有意無意地跟自己比較一下，徐沫影很清楚這一點。

「當時，她一動不動地站在門口，每當有人經過，她就小聲地問對方要不要看相算命。大城市裡信命的人少，而且她那麼年輕穿得那麼寒酸，就算真信命的也不信她能算準。倒是有兩個穿著名牌皮大衣的痞子在她跟前停下來，當時我就離她幾步遠，聽到他們說話。

「微雲就問，要看相算命嗎？一個痞子就說，我也會看相，我給你看看吧！說著，就湊近了微雲凍得通紅的臉左看右看，都快親到她臉上去了。另一個說，這小女孩長得不錯，看她怪可憐的，我們帶回家讓她享受享受！

「我當時非常氣憤，就想過去給那兩個痞子一腳。可我剛往前邁了一步，就看見微雲左右開弓分別給那兩人一人兩個耳光。趁著痞子沒反應過來，我過去拉住微雲的手就跑。那兩個痞子在後面追，眼看快追上的時候我們剛好跑到一個交警旁邊，他們倆二話沒說掉頭就溜了。哈哈，那次可刺激了！」

竟然還有這回事，看來柳微雲也受過很多苦。徐沫影心裡想著，繼續追問道：「那後來呢？」

第十三章　心有靈犀

「後來我問微雲大雪天為什麼穿這麼薄，她說她剛從南方到北京，本來帶了兩件毛衣的，可是看見北京天橋上的乞丐單衣行乞，就把毛衣送出去了。她以為自己會看相算命也會看風水，很容易就能在北京賺到錢呢，結果凍了一上午一件生意都沒有。沫影你不知道，那時候微雲可逗了，她那是第一次出家門，什麼都不知道，坐地鐵都搞不清方向呢！

「我當時對她說，既然妳會看相，那妳就直接攔住一個人，把看出來的事情一五一十地跟他說一、兩件，他看妳說的對，一定就付錢請妳繼續看了。微雲卻說，在別人允許之前，如果沒有必要，不能用預測手段窺探別人的隱私。她樣樣都比我學得精，但她收費卻收得少。後來我們一起開諮詢公司，她乾脆就不收費了。為了我們倆不喝西北風，我只好儘量多收點錢。」

藍靈向徐沫影微微一笑：「再後來，就遇到你了。」

徐沫影也對她輕輕地笑了笑：「妳們的生活也蠻有趣的。有時候我常常想，如果沒有遇到妳們，我的生活將會是什麼樣子。」

「我從不想這些。每個人在他最輝煌的青春年代遇到誰，發生什麼事，都是注定的。那些從我身邊走過的男男女女，每天都要按百來計算，我可沒有那麼多的工夫注意他們。沒有交集，就沒有緣分，沒有緣分，想什麼都沒有用。」

「其實我們本來也沒有交集的，我完全可以成為妳生命中的過客。假如妳當初選擇不加我的QQ，不去注意，或選擇忘記，就完全是另外一回事了。」

藍靈聳了聳肩：「但我注意到你了啦，也加入了你的QQ。嘿嘿，說實話，有時候我也搞不懂，什麼是因，什麼是果。」

「妳想沒想過，我們的美好青春，可能都被命運玩弄了。就好比每一個歷史人物，他們都被推背圖玩弄了，終其一生，只能按照推背圖畫出他們的生命軌跡。而妳、我，甚至柳微雲，我們可能也一樣。」

「我可不是什麼歷史人物，推背圖上也沒有我的名字。」藍靈說到這，深情地望了徐沫影一眼，「我呀，只想好好地活著，好好愛一個人。頭上是藍天，腳下是綠地，中間是我紫色的愛情。」

徐沫影不解地問道：「為什麼是紫色？」

「就只是種感覺。我覺得我的愛情就是紫色的，高貴，憂傷，充滿回憶與溫馨。」

徐沫影心靈深處的傷痕被微微觸動了一下，他不想再繼續這個尷尬的話題。他茫茫然地抬起頭來向前面望瞭望，卻發現山路已經走到了盡頭，再往前面就是懸崖，路兩邊是密密麻麻的灌木和草叢。他突然有種強烈的不祥的預感，彷彿聽到了自己心中命運的警戒鈴在聲嘶力竭地呼喊！

他轉過頭問藍靈：「我們現在到哪裡了？」

藍靈向四周望瞭望，笑道：「可能，我們又走錯了。不過我覺得這個地方有點熟悉，好像曾經來過一樣。」她看了看前面的懸崖，一面向前走，一面喃喃地說道，「這下面，應該會有什麼東西。」

幾步遠的時間，徐沫影迅速完成了詳細的一卦，而這時，藍靈已經站在了山崖邊上，正準備探頭往下面看。徐沫影把手裡的東西丟在地上，一邊拔腿向她奔去一邊大聲喊道：「快往回跑！」

藍靈聽到聲音不禁一愣，轉過身來剛要問為什麼，卻見旁邊的灌木叢一動，兩個戴著面具的人像野貓一樣敏捷地竄出來奔向自己。

藍靈從沒有想過這趟遊山玩水竟然暗藏著殺機，突然的變故之下，她呆在那裡不知所措。徐沫影搶先一步奔到藍靈身邊，伸手拉住藍靈拼命往自己身後一帶，同時飛腳踹在一個面具人的胸口，踹了將對方一個跟頭。但緊跟著他的左肋卻受到另一個面具人凶猛的一踢，身體不由自主地便向山崖滾落。但在滾下山崖的一瞬間，他反手死抱住了一條腿，也不管是哪個歹徒的腿，他只想借助下墜的力量將對方的身體拉下去。拖死一個歹徒，藍靈逃生的希望就會大很多。

他的算盤沒有落空，兩個人同時墜下山崖。那一刻他拼命喊了一嗓子：「快跑！」

他從沒想過那是不是他生命中最後的聲音。事實上，當他完成那一卦，只知道兩邊有埋伏的歹徒，並沒算自己和藍靈能否逃出生天。但他有種偏執的信念，覺得自己不會死，應該不會死。那推背圖上的路他還沒走完，劍、靈、雪月煙雲、桃花、影子、小孩、小鬼，一切的謎底都還沒揭開，他怎麼會死？

聽著呼呼的風聲，他飛墜而下。然後，他清楚地感覺到身體忽然被什麼東西一圈圈纏繞住，風聲也驀然停止。這感覺，就像在北京那個危險的夜晚，碧綠的藤蔓將自己從車輪下捲走。

驚喜中他睜開眼睛，首先看到的是懸崖上飄落的花瓣，花瓣中間垂落著一條粗大的花藤，自上而下環繞在自己腰間。香風陣陣，花葉扶搖，而自己的身體正在緩緩上升。

是碧凝，一定是她。

他仰起臉向上面喊道：「碧凝，是妳嗎？」

回答他的卻是藍靈的聲音：「是碧凝來了！你別亂動，我們拉你上來！」

他感覺花藤上升的速度越來越緩慢，想必是女孩們的力量不夠，很難把自己拉上去。他趕緊攀住石壁上凸起的石塊，也好多少能用上一點力氣，就這樣一寸兩寸，慢慢從山崖下面爬上來。

終於，快到達崖頂的時候，他用力攀住從下面一躍而上，落回到地面。眼前，只見兩個美麗的女孩正坐在地上，大汗淋漓。

一個是藍靈，而另一個，汗浸雪膚香凝露，風吹鬢角花影搖。不是那個神秘而又擁有奇異能力的碧凝還能是誰？

碧凝見他終於轉危為安從下面上來，不禁鬆了口氣，吐了吐舌頭，抿嘴一笑說道：「呵呵，姊姊我又救了你一次，不如以身相許來謝謝我吧？」

徐沫影並沒有理睬碧凝開玩笑的話，左右看了看，卻不見剩下的那個歹徒，於是奇怪地問道：「剛才那個戴面具的人呢？」

碧凝聳了聳肩笑道：「跑了，被我嚇跑了。」

「碧凝像鬼一樣悄無聲息地冒出來，手上又突然長出這麼長花藤，那人不被嚇跑才怪。沫影你傷到沒有？」

兩個女孩拼命把徐沫影拽上來，經過了十幾分鐘，藍靈的情緒已經逐漸恢復過來，不然此刻早就又投到徐沫影懷裡去了。她抹了一把額上的汗水，站起身走到徐沫影面前，關切地檢查他有沒有受傷。

「我沒事，只是一些擦傷。」徐沫影轉身向山崖下面望瞭望，雲霧漫漫，不知道究竟有多深。他嘆了口氣，心有餘悸地說道：「死了一個，跑了一個。」

「他們是這山裡的劫匪，還是故意來殺我們的？」藍靈也邁步走到崖邊，向徐沫影問道。

徐沫影猶豫了一下才答道：「劫匪。」

然後他轉身走向碧凝，有個問題他不得不問：「碧凝妳是不是一直在跟著我們，從長松山跟到萬易節？救我們出洞，送我花，又在這裡救我和藍靈？」

其實他還想到了碧凝在車輪下將自己救起的那個夜晚，他甚至懷疑從那時候起她就一直在跟著自己。為什麼會這麼巧，每次他有劫難需要幫助的時候，這謎一樣的女孩就會像風一樣地趕到？若說僅僅是巧合，這麼多次，如何解釋？

「是啊碧凝，上次長松山的事還沒謝妳，剛剛就又被妳救了一次。妳都快成我們的守護神了！」藍靈也附和著說道。

碧凝從地上站起來，輕輕拍打著身上的塵土，對徐沫影神秘兮兮地一笑：「見面就拿這麼多問題來轟炸我，早知道就不出來，讓你們都掉下去摔死算了。好吧，你們等我想想，我編一個能說得過去的理由再解釋給你們聽。」

藍靈似乎想起了什麼，抬起頭望望碧藍的天空，煞有其事地說道：「我覺得，碧凝妳確實是一路跟著我們。我和沫影單獨出遊都會下雨，今天居然是晴天呢！妳快說吧，到底跟了我們多久？」

聽了藍靈的話，碧凝禁不住「噗哧」一聲掩嘴而笑：「妳這個推斷的理由真不錯，那假如我說，每當徐大才子要出事我就能感應得到，你們會不會相信？」

徐沫影和藍靈對望一眼，又轉頭看了看碧凝，各自搖了搖頭。

「反正我覺得妳蠻古怪的。」藍靈又說道：「妳的能力也太嚇人了，身上到處長花長葉的，到底怎麼回事？有時候我真懷疑妳就是《西遊記》裡面的藤精樹怪轉世。」

「妳不覺得我更像童話裡的花仙子嗎？」碧凝又是一陣嬉笑。

徐沫影見碧凝不肯說實話，也就不便再細問，俯身把地上散落的東西一包包撿起來，對兩個女孩說道：「這件事先就不管了，走吧，我們還要去飛雲峰。」

兩人世界變成了三人同行，藍靈雖然不大樂意，但碧凝畢竟救過自己兩次，對她產生了強烈的認同感。何況她又是那麼有意思，要什麼花可以變什麼花，還總喜歡說些玩笑話，只要待在一起一會兒，好感就漸漸地加溫起來。

路上，碧凝身上的謎團讓徐沫影實在忍耐不住，於是找機會又問道：「碧凝妳怎麼沒出席萬易節？」

碧凝裝出一副可憐的樣子：「你們難道不知道我是被趕出來的嗎？沒本事，想進去吃幾頓霸王餐都不行。」

「妳師父一定是個高人，妳應該也不會差到哪裡去。」

「師父是高人沒錯，可是他不怎麼教我東西。」說到這，碧凝收斂了笑容，「他只讓我學一點塔羅牌和占星術，說西方的占卜比東方的發達，現在人都信西方不信東方，學那個才好。可是塔羅牌還不如撲克牌好玩，占星術倒是有點意思，但是天宮圖一堆線畫來畫去太複雜，搞得我很煩。」

徐沫影不禁笑著搖了搖頭：「看來妳的性格不適合學占卜，真不知道妳師父為什麼收妳。對了，去長松山妳是度假，來羅浮山又是做什麼？」

「繼續度假啊。」碧凝神秘兮兮地一笑，「我可是有秘密使命。」

「秘密使命？」

「保護你啊。命運女神說了，每一個人的出生都是為了保護另一個人，這是你唯一的存在意義。」

這當然是杜撰，也是開玩笑。徐沫影一笑置之，但藍靈的警惕心卻一下子被提了起來。

三個人匆匆趕路，終於趕上了飛雲峰下的會合，碧凝的出現無疑十分搶眼，徐沫影只說她是自己偶遇的朋友。他偷偷觀察了一下石文緒，而他對自己的出現似乎並不怎麼感興趣，因為一個嶄新的對手似乎在不知不覺間出現了。但他還是捕捉到了一個驚訝的眼神。

甲等席七人，加上藍靈、碧凝，九個人一起登山。雅閒居士年紀最大，雖然身體還算硬朗，但爬起山來有點跟不上眾人的節奏，藍靈不得不去後面照料師父，賀六陽也去後面照應其他三位老人。林子紅叼著菸捲，在前面晃啊晃，瞧都不瞧碧凝和徐沫影一眼。徐沫影本想也去照顧一下後面的老前輩，可惜他剛一轉身，手臂便被碧凝一把拉住。碧凝興高采烈，一路輕快前行，不知不覺間，兩人竟將大隊遠遠甩在後面。

「等等他們吧。」徐沫影停下來，回頭看看來時的山路，千迴百轉間雲起雲落，已經不見了眾人的蹤影。

「我們繼續往前走好嗎？」

碧凝嬉笑的語氣突然一轉，變得柔情款款，讓徐沫影不禁一愣，呆呆地問了一句：「怎麼了？」

碧凝的眼底斂盡了跳躍的靈光，一雙眸子變得安靜柔和，並輕輕籠罩上一層淡淡的迷惘。「你不是想知道一些事情嗎？我想單獨講給你聽。」

第十四章　飛花弄情

沿著青石小路兩人走了一大段路，碧凝卻始終一臉沉靜閉口不說。

「到底怎麼回事？快說吧！」徐沫影忍不住問道。

「你喜歡盪鞦韆嗎？」碧凝似乎完全沒理會他的心急。

徐沫影不知道她為什麼會問這個，愣了一下，沒有回答。碧凝淺淺地笑道：「不如我們來盪鞦韆吧！」

說完，她雙手在胸前輕輕一晃，兩條碧綠的藤蔓便像蛇一樣從手心裡倏然鑽出並糾纏在一起，不斷交錯穿梭，不一會工夫，一張碧綠的籐椅坐墊便在她兩手間誕生。然後再反拋上揚，輕輕巧巧飛上了兩株高樹的枝岔，牢牢纏繞在上面。於是結實漂亮的鞦韆便華麗地現身林間。

徐沫影正目瞪口呆，碧凝輕輕一躍，已經坐了上去。她挪了挪身，把鞦韆的另一半留空出來，向徐沫影招手笑道：「上來吧，呆子！」

「我們離開太久不好，妳還是快點告訴我吧！」

碧凝側頭一笑：「你不上來我怎麼說？」

徐沫影無奈，只好縱身跳上鞦韆，與碧凝並肩而坐。碧凝見他上來，一張手便又探出一

條花藤，拋出去纏在對面的樹幹上，一手扶住鞦韆一手用力拉扯花藤，於是鞦韆受力，開始在林間飄來盪去。

「可以說了嗎？」徐沫影繼續窮追不捨。

碧凝看了他一眼，忽然問道：「你有沒有想過，有些時候，你會覺得一切都好熟悉，比如這山、這樹、這人，好像你曾經見過，曾經經歷過，曾經……愛過？」

鞦韆搖盪，耳畔生風。最後兩個字出口，碧凝禁不住兩頰微紅，扭過頭去看山看樹，不敢再看徐沫影。

徐沫影覺得她問得有些莫名其妙，想了想答道：「大多數人都有過這種感覺。到了一個陌生的地方，突然覺得很熟悉，好像曾經來過；見了一個陌生人，就覺得他是個老朋友，曾經在哪見過；正在做一件事，會覺得這事情的結果早有預料，情不自禁地在腦海中回想以前是否做過。但這些都是一瞬間的感覺，是一種錯覺。也有人說，這種感覺跟第六感有關，總之很普遍又很難理解。」

「你說的這些我都知道。」碧凝淡淡地一笑；「那種感覺很縹緲，抓不住，一瞬間就跑了。但我感覺到的很真實，也可以抓得住，越想就覺得越真實，只是有時候想著想著就會頭痛。」

「是嗎？」徐沫影詫異地問道：「妳到底想到了什麼？」

「北京城的很多地方，我從來沒有去過的地方，我往往會隨口說出那裡有什麼。我腦子裡總有一些片段，很細碎的片段，經常在我上街的時候在腦中一閃而過，讓我禁不住站在馬路中央發呆。可是這些片段我連接不起來，不知道它們想告訴我什麼。」

碧凝說著，又禁不住看了看徐沫影：「還有一些人，一些文字，我覺得很熟悉，甚至過於熟悉。我感到很奇怪，為什麼這麼熟悉我卻想不起來了？」

徐沫影若有所思地問道：「妳是不是失憶過？」

「沒有，我小時候的事都記得很清楚，我也問過我爸媽，問過我師父，他們都說沒有。」

徐沫影搖了搖頭：「我不知道怎麼回事，這種事我從來沒遇到過，那妳自己怎麼想？」

碧凝很鄭重地看著徐沫影，輕輕地問道：「你相信前世嗎？」

徐沫影一聽，不禁笑了：「不信，妖魔鬼怪、地獄天堂、前世輪迴，我都不信。妳想得太多了。人不怕執著，只怕執迷，鑽牛角尖，就會搞出怪力亂神那一套，甚至會癲狂癡傻。」

碧凝若有所悟地輕輕點頭，但眼中仍然朦朧著一片霧色：「這種感覺太真實了，真實得讓我害怕。你曾經問過我，是不是一直跟著你們，現在我就回答你。」

「嗯。」徐沫影靜靜地聽著。

「記不記得我第一次救你的那天晚上？」

徐沫影點了點頭。

「那天晚上我換好了睡衣，準備睡覺的時候，忽然感到一陣心驚肉跳，覺得好像有什麼事情要發生似的，躺下卻無論如何也睡不著。於是我從床上爬起來，穿好衣服從窗子裡跳出去。師父不允許我晚上十點後出門，呵呵，反正我一向都不淑女。一種我無法抵抗的力量帶我趕到你出事那裡，然後就正好遇到你車禍。」

見徐沫影端然坐在那兒，聽得入神，碧凝頓了一下便又說道：

「我原本想那只是偶然，但在長松山那夜，我本來接到師父電話趕回北京的，結果人都已經到了成都機場，卻心裡發慌，覺得不能走這麼早，於是返回長松山，鬼使神差竟找到了那個樹洞，把樹藤留給你們，才覺得心安。

「剛才發生的事也一樣。這裡的山路我很陌生，在慌亂中只能憑著感覺亂闖，沒想到，趕過去見到的竟然還是你。」

這些跟傳聞中類似的心靈感應事件，讓徐沫影難以置信，就算真的有，這種感應也應該發生在親人之間，或是極親密的人之間，而不是剛剛認識的朋友。如碧凝所說，她第一次感應到他的危險的時候他們還是陌生人，這更加讓人難以理解。

碧凝幽幽地嘆了口氣：「如果我一直跟著你，怎麼會讓你掉落山崖再去救你呢？我可以控制手裡的藤蔓自由生長，瞬間就能出手救你們的。」

徐沫影一想也對，碧凝如果跟著自己，沒道理等自己落崖再出手。那麼她說的都是真的？這又說明了什麼？徐沫影半信半疑。

「也許是真的，我相信妳，但我還是很多疑惑。」

碧凝眼中閃過些許的憂鬱，用力拉了一把花藤，幾近靜止的鞦韆突然又盪高起來，徐沫影沉思之間一不留神，身體急劇後仰，差點摔落下去。多虧碧凝手疾眼快，伸手拉住了他。這一拉一擲之間，碧凝的眼神便又閃過了一絲欣喜。

「我覺得，你的身體好熟悉，真的好熟悉。」碧凝輕輕地溫柔地說道，「就好像……一個漩渦，讓我身不由己……」

徐沫影暗叫糟糕。碧凝冥思苦想找不到答案、解不開心結，八成把他當成了前世的情人。他知道人的意志是很可怕的，當你認定自己愛上了一個人的時候，就會陷進去難以自拔。

面對這種令人無解的問題，徐沫影趕緊打斷了她的話，轉移了話題：「下了山妳打算怎麼辦？回北京還是在這裡多玩幾天？」

碧凝明白了他的意思，自己也知道光憑這些解釋很難打動對方，想了想答道：「想在這多玩幾天呢！你有沒有辦法讓我混進萬易節？」

「妳去萬易節做什麼？」

碧凝漾一臉狡猾的笑：「聽說會議上都最頂尖的占卜者，進去看看，想滿足一下好奇心。」

徐沫影凝神思索了一下，腦中靈光閃現，笑笑說道：「有個辦法，可以讓妳混進去兩

天，但是要利用一下妳的神奇的能力。」

「什麼辦法？說來聽聽！」

「每到萬易節的晚上，大家都無事可做，我想如果有些好玩的節目看看就好了。」

「我明白了！」

說著，碧凝嘻嘻一笑，縱身便躍下了鞦韆。

下午的遊覽乏善可陳。徐沫影一直跟眾人在一起，順便關照幾位老人，碧凝也沒再單獨跟他交談，偶爾兩人目光交錯便立即分開。

眾人遊山玩水，卻也忘不了品評一下寺廟道觀的風水優劣，甚至互相比賽給遊客看相。徐沫影一路沉默寡言，從不主動說話。

等待夕陽西下時候，眾人踏著晚霞下了山。徐沫影便悄悄地走近賀六陽，低聲問道：「會長，我這個朋友會表演魔術，能不能讓她晚上沒事的時候給我們表演個節目？」他生怕賀六陽不同意，又補充說道，「我覺得我們晚上也沒什麼活動，太無聊了一點。」

賀六陽點了點頭，笑著問道：「會什麼魔術？精彩嗎？」

徐沫影連忙答道：「保證精彩！」

「好，那今晚就讓她表演給大家看吧，我也想看看，呵呵！」賀六陽拍了一下他的肩膀，轉身走開去安排大家上車。

徐沫影並不知道，經過那一場精彩的測試，他在眾人心中的分量遠遠超過了他的預期。

碧凝隨眾人一起返回飯店，藍靈雖然心裡不大樂意，卻也說不出什麼反對的意見，不管怎麼說，碧凝都是自己的救命恩人。

藍靈覺得最近對感情實在有些不安，雖然徐沫影跟她相處最多，卻一直若即若離，細細品味起來，甚至連當初的些許激情都已不復存在。但現在她只能往好的地方想；也許是自己想得太多了。

徐沫影本來就是個這樣的人，表面或許很冷，內心卻很熱。藍靈了解他，想了想，也就暫時放下了心裡的憂慮。

碧凝和藍靈被安排在了一個房間，兩個人也同席吃飯，進進出出間，儼然就是一對漂亮的姊妹，不知吸引了多少目光焦點。藍靈憂鬱而豔麗，碧凝活潑而嬌媚，各有千秋，難分上下。

大家聽說碧凝竟然是徐沫影的朋友，於是有關碧凝的各種傳聞便在各席之間散開，徐沫影本想站出來闢謠，但轉念一想，謠言這東西，就好比食物上趴著一堆蒼蠅，你不拍還好，一拍便四散開去，飛得滿屋子都是。

早在返回的車上，賀六陽就告知眾人今晚八點有魔術表演，號召大家晚飯後齊聚在會議大廳，等待觀賞精彩的演出。因此吃完晚飯，無聊的人們便早早地進了會議大廳等著，到了八點，大廳裡便差不多坐滿了人，該到的全都到了。因為是觀看演出，主席臺上的幾位便都撤退到了下面。

徐沫影坐在中間，左手是林子紅，右手是藍靈。本來他們是跟碧凝一起過來的，可是進了大廳之後，碧凝卻忽然不見，已近演出時間竟然失蹤了。

大廳裡人聲鼎沸，大家都想看看這個神秘的魔術大師究竟何許人也。但無奈佳人遲遲不肯現身，最著急的是徐沫影和賀六陽。可是就在大家等得心急如焚的時候，大廳裡忽然飄起一陣濃郁醉人的花香。

的確是天然的花香，不是香精類的人工香味，只有剛剛綻放的鮮花才可能散發出這種香氣。

馨香鑽入鼻孔的一剎那，徐沫影不禁又驚又喜，輕呼了一聲：「來了！」

呼聲剛落，叫聲四起。徐沫影忽然發現自己的掌心多了一片紫色花瓣，緊跟著，又有幾片紅的、粉的細碎花瓣自眼前飄落桌上。詫異中抬起頭，卻見頭上五色斑爛滿全是飛揚的花瓣，宛如降下一場繽紛花雨。放眼望去，整個大廳莫不如是，飛花灑落，肆意飄搖，帶著或濃或淡的馨香，編織七彩的夢境，漫天席地。

眾人都被這美麗的花瓣雨驚呆了，驚叫聲、喝彩聲、掌聲、口哨聲，一時四起。而在這花雨的掩映之下，一個婀娜的身影忽然從天而降，就像電影中的散花仙子，在會場上空盤旋來去。飛花凌亂，人們看不清她的長相，只聽見笑聲中的銀鈴，只看見裙擺下的花瓣。不一會兒，花落盡而人飄遠，仙子盈盈落於台前，立足，轉身，凝眸，淺笑。笑是人間絕響，美是傾國傾城。

是碧凝。

全場驟然爆起一片驚呼。

美女中的美女，魔術中的魔術。人們想不通在這樣簡陋的條件下，怎麼會做出這樣神奇的表演。賀六陽也大為驚奇，禁不住回頭向徐沫影問道：「妳朋友是一個人在表演嗎？」

徐沫影微笑著點了點頭。只有他和藍靈知道，碧凝做這種看似複雜的功夫，實在太簡單了。而那所謂的凌空飛翔，不過是借著花瓣的掩飾，繫著細細的藤蔓搖盪來去而已。

說話間，碧凝面向觀眾盈盈一笑，也不說話，只是優雅地揚起右臂，一朵嫣紅的玫瑰蓓蕾便赫然出現在她纖纖手中。她手拈花枝，向觀眾們晃了兩晃，那蓓蕾竟在她手心徐徐綻開。

燈光下，台下眾人看得十分真切，眼睜睜地看著那花一點一點從蓓蕾到怒放，一束如血的嫣紅，襯著她雪白的手臂，明豔動人，很難想像可以作假。全場頓時掌聲雷動，歡呼四起。

碧凝將手中的玫瑰高高舉起，向著台下環顧一周，做出一副想要拋出去的樣子。台下的年輕人見狀頓時紛紛叫喊著：「給我，給我！」、「美女，扔過來！」

若能得到美女手贈的玫瑰，那該是何等美好的一件事。

碧凝兩眼含笑，環視一周之後目光又落回徐沫影身上，凝神看了一會兒，就在眾人以為鮮花將會飛往徐沫影身上時，碧凝一揚手，卻把花枝盈盈插入自己的髮間。

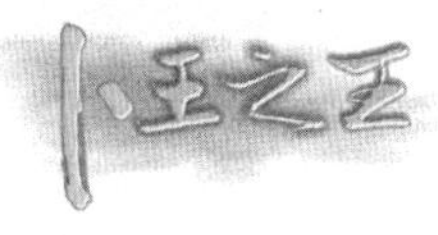

玫瑰配美人，飛揚妖冶的神采，嫵媚端莊的容貌。

正看得興味十足的徐沫影突然緊皺著眉頭，隱隱約約地想到了一個人。

這時，在眾人的歡呼聲中，碧凝手底忽然鑽出一條長長的青綠色花藤，像青蛇般迅速穿出，繞過無數頭頸，遙遙飛向後方的儀器控制設備。

第十五章　玫瑰紅

眾人正在為碧凝手中那條蛇似的藤鞭驚訝歡呼，卻見投影機的燈光忽然打開，捲起的大螢幕徐徐降落。起初，大家還以為這是魔術表演的一部分，但緊跟著，震天的呼聲中隱隱奏起歌舞的旋律，大螢幕上展開一個燈光炫目的舞臺，跳出十幾個衣裙豔麗的少女翩翩起舞，眾人才覺得有點不太對。

一場表演秀，絕對不應該受到外來節目的干涉。而那個大螢幕實在過於顯眼，歌舞聲又實在太過響亮，一下子就將大部分觀眾吸引過去，掩蓋了魔術表演者些許的鋒芒。更奇怪的是，碧凝竟也收起了手中的花藤，娉婷地往台下走了幾步，轉回身向那螢幕望去，儼然從一位表演者變成了一名觀眾。

掌聲與歡呼聲漸漸沒了。出於好奇，也因為無法迴避，人們的目光也隨著表演者的目光全部投向了螢幕上的舞臺。大部分人一眼就看出，這是個電視選秀節目的轉播，就在那五光十色的舞臺正上方，「青年電視歌手大獎賽總決賽」的字樣熠熠生輝。

看到那幾個字，徐沫影不禁大吃一驚。按照柯少雪在ＱＱ留言裡的說法，明晚才有青歌賽的總決賽，怎麼會在今晚直播？碧凝又為什麼要在這個時間利用表演的機會把大螢幕打開，讓節目在眾人面前播放……難道她知道自己要看這個節目？

很快他就否定了這個想法。在長松山，碧凝雖然看到了柯少雪的演出，卻並不知道自己跟柯少雪的關係，更不可能知道他要看這個節目。打開螢幕，應該不是針對自己。

徐沫影胡思亂想的時候，歌舞已經結束，舞者們撤到了後臺。一對俊男美女主持人輕盈地走上舞臺，向觀眾介紹即將上臺的參賽者：

「下面將要上臺的這位選手人氣很高，也是我們今年的奪冠熱門之一，她就是我們的音樂才女——柯少雪！接著有請柯小姐上臺。」

聽到柯少雪的名字，徐沫影的心不禁一顫，如果不是考慮到旁邊還坐著藍靈，他很可能已經站了起來。

而碧凝聽到這個名字，也是微微一怔，似乎有點出乎預料，她側過頭向徐沫影的方向看了一眼。

大螢幕上，柯少雪穿一身雪白的裙裝優雅自然地走上舞臺。比賽的磨練讓她越發顯得落落大方，跟在台下徐沫影所知道的那個羞怯女孩迥然不同。她本來人就長得極有古典美，再加上白衣勝雪、巧笑嫣然，渾身上下都洋溢著東方少女超塵脫俗的韻味。

柯少雪的露面引發了舞臺下一陣熱烈的掌聲，電視鏡頭切換到觀眾席上，無數手捧鮮花舉著標語的粉絲們正在搖旗吶喊。徐沫影意外地發現，在一個標語牌的下面好像露出了好友祝小天的腦袋，他剛想看清楚到底是不是他，鏡頭卻飛速地跳轉到臺上。

主持人笑吟吟地拿著麥克風向柯少雪問道：「聽說柯小姐之前準備退出決賽，兩天前又重新投入決賽，請問這裡面有什麼內情嗎？」

柯少雪接過麥克風，看了看主持人，又看了看臺下的歡呼雀躍的觀眾，嘴唇動了兩下，忽然問道：「這個問題，我可以先不回答嗎？」

「好的，看來這個問題屬於隱私。」主持人十分友善地一笑，「那我們直接切入正題。您上次預選賽中演唱的那首歌曲是您跟一位男士合作的，這我們大家都知道，我想呢，同時大家一定也在關心這樣一個問題：您今天要演唱的原創歌曲《想你，風就飛揚》是不是也跟那位男士有關呢？」

選秀節目的主持人極盡所能地挖掘每一個可以用來炒作的話題。

徐沫影知道，以柯少雪的個性，不可能在這個舞臺上面對這麼多的觀眾說出他的名字，但當他聽到柯少雪要演唱的曲目時，禁不住一陣狂喜湧上心頭。《想你，風就飛揚》，那不是柯少雪在家裡彈唱過的那首曲子嗎？他原以為是唱給別人聽的，沒想到卻是為自己而寫。看來，柯少雪對他的愛戀真的從未斷絕過。

螢幕上，柯少雪再次婉轉地對主持人的問題予以回絕：「我想，大家都是來這裡聽我唱歌的吧？那我馬上就唱歌好不好？」

再一次碰到了軟釘子，主持人尷尬地笑了笑，把麥克風舉到嘴邊剛要說點什麼，卻見台下人影晃動，從人群跳上來一個年輕的女孩。女孩長得並不惹眼，倒是懷裡那一大束鮮紅的玫瑰映紅了她的笑臉，也把主持人嚇了一跳。

女孩上了台，抱著鮮花直奔柯少雪：「少雪妳好，我是妳的粉絲！」說著，便把花遞向柯少雪。

主持人一陣讚嘆：「看看，多麼忠實而熱情的粉絲啊，也不怕累，送這麼一大束鮮花上來，妳就不怕把妳家偶像累著了？」

沒想到，女孩一句話把臺上台下都說呆了：「我是粉絲沒錯，可這花不是我送的。我在花店打工。有位先生在網上預定了九十九朵玫瑰，要我們今晚送到少雪那裡，恰好今晚有比賽，我又是少雪的粉絲，所以就送到這裡來了！」

話音剛落，主持人眼冒藍光，舞臺下噓聲四起。

會場裡，人們都搞不懂碧凝打開螢幕看電視的用意，有幾個人開始嚷嚷，但也有一部分人為節目所吸引，畢竟，像柯少雪這樣極有特色的女孩並不多見，而電視選秀類節目又廣受歡迎。

而徐沫影此刻，卻禁不住從座位上站了起來。當他看到那束花，當他聽到送花女孩的那番話，就預感到有可能局勢將無法控制。他早已忘記了身邊還有一個藍靈，他的心怦怦直跳，眼睛直直地盯著大螢幕。

藍靈看到他神色異常，不禁抬起頭愕然問道：「沫影，你怎麼了？」

徐沫影沒有回答，一動不動地站在那。

藍靈奇怪地將目光再次投向大螢幕，她看到那個主持人一臉笑容地從玫瑰叢中拿出一張紙條。

徐沫影的心一下子提了上來。他知道那上面寫的什麼，那一定是自己留在訂花網站上的留言，他知道那留言一旦被念出來，所有臺上台下電視機前的觀眾都將知道他跟柯少雪的關係……

一貫的沉著冷靜正被一層層剝離他的身體，冷汗，從額頭上滲出來，一點一滴。

由於他坐的位置很靠前，從他站起來的那一刻起，全場大多數人便都注意到了他的異常。大家隱隱約約地覺得，這螢幕上的女孩一定跟這位未來的卜王有什麼關係，光憑女孩的美貌，一定打動不了有藍靈、碧凝這種美女左右陪伴的他。

於是幾乎所有人的目光，都專注地投向了螢幕，確切地說，是投向螢幕上主持人手中那張小小的卡片。

柯少雪對此卻似乎並不在意。大概她已經習慣了粉絲們的寵愛，這束玫瑰雖多，對她而言也只是普普通通的花，而主持人手中的紙條，也不會有更深重的意義。她想不出那束花到底來自何處，她沒有任何接受衝擊的準備。

主持人看了一下卡片，嬉皮笑臉地向著台下觀眾晃了兩晃：「所有秘密現在都已經掌握在我的手上！大家想不想知道這是哪位先生的贈花呢？想知道的朋友們舉一下手！」

台下的觀眾倏地幾乎都把手舉了起來，一面七嘴八舌地喊著：「快念！」、「念吧！」

「哇，這麼多人想知道我們柯小姐的秘密情人是誰！」主持人誇張地喊著，轉過身，

不懷好意地對著柯少雪一笑，「可是不知道柯小姐允不允許我念一下呢？妳不授權我可不敢念，這是侵犯個人隱私！」

主持人的話並沒引起柯少雪絲毫的恐慌。不過也難怪，在近年的電視選秀節目當中，主持人跟參賽者開玩笑實在是司空見慣。柯少雪只是矜持地笑了笑，用她甜美的聲音輕輕地說道：「念吧！」

念吧！說這句話的同時，她一定在心裡對自己說：一個粉絲的幾句贈語，有什麼大不了的，可是她不知道，就在她輕啟朱唇將這兩個字送出嘴邊的時候，大螢幕前的徐沫影狠狠地對著自己的胸膛捶了一下！

藍靈的眼睛一眨不眨地盯著大螢幕，她越來越想知道這卡片上的內容，甚至她已經能猜到卡片上面寫得什麼，她的心也跳得越來越快，她等著，等著自己的猜測被驗證或被否定，但她不敢想像假如結果是前者，她會做些什麼。

終於，主持人吐字清晰地把卡片上的每一個字都念了出來：

「未折楊柳綠，遙寄玫瑰紅，落花曾驚夢，何意竟憐卿？——沫影！」

最後落款的兩個字，他念得特別的重，重得就像一顆魚雷，在無數人心中轟然炸響，炸出一張張驚訝的臉一滴滴傷心的淚。

幾句話是一首淺顯的詩，意思簡單明瞭。古人送別時折楊柳相贈，因此「未折楊柳綠」是說未曾向你道別；「遙寄玫瑰紅」是說我從遠方送你一束玫瑰；第三句可聯繫到徐沫影的

感情遭遇；第四句是說「我沒想到竟然會愛上你。」

主持人剛剛念完，柯少雪淺淺的笑意頓時凝固在臉上，手中大捧的玫瑰應聲落地。她怎麼也沒有想到電話表白之後徐沫影就會在網上訂花給她，更沒有想到徐沫影的花會直接送到舞臺上。雖然她不怕曝光兩個人的戀情，但起碼應該給她一點準備，這突如其來的襲擊，讓她手足無措，不知如何應對！

而藍靈，徐沫影身邊的藍靈，剎那間淚流滿面，她所猜測的最可怕的結果終於得到了驗證。當那首詩念出第一句，一個令她絕望的答案便已經揭曉。她心裡那並不堅固的堤防，在那一瞬間轟然倒塌，悲傷和絕望洶湧而出，在心中肆虐橫流。

她原本以為，蘇淺月的死，是上天把徐沫影留給自己，雖然他一時並未接受自己，但若有關感情，有關夢，有關生活，一切都突然失去了意義。徐沫影心中的春天重新到來，她將無可替代地成為他解凍後的第一朵花。

她是一個等了他太久的蓓蕾，她將為他開放，她只為他開放。

他們一起走過那麼多路，一起經歷過那麼多故事，她難以想像，自己只是從他的故事中低眉垂首的路過。

這一次，她的心碎了。她不知道該做些什麼，做什麼都沒有用，只有坐在那裡，沉默著，任憑淚水流滿雙頰。

傻愣愣地站在藍靈旁邊，徐沫影更是頭暈腦漲。他千算萬算也算不到碧凝會突然打開電

祝，算不到今晚會有柯少雪的直播比賽，算不到自己那束玫瑰竟千里迢迢地飛上了北京的舞臺，更算不到柯少雪竟任由主持人在舞臺上念出他的名字！

數年前，他帶著趨吉避凶的憧憬，遭受了命運的捉弄；數年後，他懷揣著卜王的能力，經歷著石破天驚的意外。

即使你什麼都能算準，難道每天都生活在自己的算計中間？時時刻刻算計著自己的下一刻，走什麼路，吃什麼飯，遇到什麼人？

那不可能。與其那樣活著，倒不如做一名普通人，即使遭遇一次次的意外，還是繼續努力並懷抱著憧憬。

現在，戀情出其不意地曝光，瞬間就會傳遍天下。他最先想到的是藍靈，自己一拖再拖不告訴藍靈實情，只是想著如何減輕藍靈的傷心，可是如今一切的擔憂都成了笑話。感情上的猶豫和逃避，最終卻帶給藍靈更巨大的傷害。

其次，他不知道這束弄巧成拙的花，究竟給柯少雪帶來了什麼。當他凝眉向大螢幕中望過去的時候，舞臺上的柯少雪還沒有回過神來，一副失神落魄的樣子。她雙頰慘白，花容失色，越發惹人憐惜，這個初出茅廬的女孩，顯然還不知道如何應對。

舞臺下噓聲四起，叫喊連天，鏡頭的切換終於讓徐沫影找到了隱藏在人群中的祝小天，那個剛才還高舉著標語的祝小天緊抿著雙唇，滿臉怒容。

徐沫影越發頭疼，他突然有種眾叛親離的感覺。而這一切，這一切都是因為碧凝，要不

是她給自己送玫瑰，他怎麼會想到要給柯少雪送一束玫瑰過去?要不是她莫名其妙地打開電視機和投影機，又怎麼會讓自己毫無準備地面對這尷尬的一幕。

這實在太像一個圈套，一個陰謀。

但是，當他將憤怒的目光投向碧凝的時候，卻意外地發現，那碧凝也正呆呆地望著自己，幽怨的眼底閃耀著淚光，蒼白的臉上殘留著驚訝。

會議室裡，議論紛紛，亂成一片。

第十六章　愛情密碼

當徐沫影看到碧凝傷心和無辜的眼神，心中升起的片片疑雲吹散了他的怒氣。他看得出來，碧凝流露出的感情真實無比，她的傷感說明她對此毫不知情。徐沫影忽然醒悟過來，他不能就這樣遷怒於碧凝；畢竟，碧凝有權利表達自己的愛意，而那罪魁禍首的九十九朵玫瑰，是自己親手送出。倘若碧凝知道他跟柯少雪的關係，恐怕飛雲峰的表白就會是另一番情景。他心裡唯一的疑惑便只剩下這場魔術表演的真正目的，也或許，這只是巧合。碧凝打開電視機和投影機，只是她設計的一個表演環節罷了。

儘管理清了一些思路，但是苦惱並未減少分毫。藍靈在身邊無聲地啜泣，會場裡的人們都以驚異而幸災樂禍的眼神看著他，就好像一個億萬富豪到頭來竟被發現是個小偷，人們一面鄙視他一面在心中偷笑，激動不已。

人們交頭接耳議論紛紛，整個會場亂成一團。

林子紅面無表情，悄悄地點著了一根菸，放在嘴裡吸了兩口，然後伸手一拉徐沫影的胳臂，淡淡地說道：「坐下吧，別傻傻的站在這了。」

徐沫影這才木然坐下，側過頭呆呆地看了藍靈一眼，看到她哭成淚人的樣子，想不出該說點什麼，該怎麼安慰她。

賀六陽坐在前面，瞠目結舌地看完了這驚人的一幕，直到旁邊的雅閒居士幸災樂禍地對他說了一句「徐先生可真是年輕有為啊」，他才反應過來，於是在眾人的喧鬧聲中，他站起來拿過麥克風，大聲喊道：「大家安靜，安靜！你們這麼吵，讓碧凝小姐怎麼表演啊？服務員，麻煩把投影設備都關上！」

電視直播終於斷訊，那時柯少雪剛剛恢復一點情緒，帶著重重的心事走向自己的鋼琴。比賽究竟如何，徐沫影看不到了，也無心再看。

在議論聲漸漸低落下去之後，賀六陽微笑著對碧凝說道：「碧凝小姐，請妳繼續！」

碧凝憂戚的臉上終於探出一絲笑容，而後被她生拉硬扯地綻放成一朵憂鬱的花。她從容地重新走向舞臺，轉身面向觀眾，向眾人鞠了一躬說道：「對不起，今晚的表演就到此結束！」

說完，這隻在漫天花雨中飛來的蝴蝶轉過身，無限落寞地走出了會場，一步也不曾回頭。她的身影纖弱美好，安靜溫和。

碧凝剛剛邁出大廳，藍靈又霍地從椅子上站起來，一伸手把面前的糖果瓜子全都掀落在地。隨著稀里嘩啦一陣亂響，她緊抿著雙唇離開座位，掛著滿臉淚痕，也一言不發地從會場中跑了出去。

會場中無比安靜。兩個女孩一走，所有灼灼如炎的目光便全都盯在了徐沫影的臉上。

相對他心中的痛苦來說，這些目光根本不算什麼。自來他所受到的譏笑和鄙視就很多，

當他在窮苦中打拚的時候，那麼多不理解的目光都被他從容略過，今日亦如是。但感情實在是把太鋒利的雙刃劍，傷了別人的，也剜了自己的心肺。看著兩個剛剛還笑語嫣然的女孩掉頭離去，或咽著沉靜的苦水，或燃著憤怒的火焰，他的心撕裂般的疼痛，信念搖搖欲墜。

林子紅掐滅了剛剛點著的煙，拿手指頭捅了他一下：「還不去追？」

徐沫影搖了搖頭：「不去了。」

林子紅抬起頭看了看場子裡的人們，張嘴大聲地喊了一嗓子：「行了，都散了吧，各回各屋！」

賀六陽也拿著麥克風說道：「爬了一天的飛雲峰，大家也都累了，都回去休息吧！明天上午九點繼續開會。」

眾人紛紛離開座位，往場外走去。林子紅伸手一扯徐沫影的胳臂，說道：「走吧，不去追也好，我陪你出去散散心。」

「我沒事。」

徐沫影站起來，任由林子紅拉著他往外走。經過賀六陽身邊的時候，林子紅對賀六陽說了一句：「我們出去蹓蹓。」

賀六陽說道：「好，得安慰他一下。」

林徐兩個人下樓出了飯店，沿著山路往上走了一段，一直走到那天晚上兩人談心的地方才停下來。林子紅一屁股坐在石頭上，一邊點菸一邊隨意地對徐沫影說道：「坐！」

徐沫影沒有吭聲，默默地在林子紅身邊坐下來，看著他點菸、吸菸，從嘴裡噴出一股嗆人的菸氣，在頭上繚繞上升。他忽然說道：「老林，幫我批個八字吧！」

林子紅看了他一眼：「你的，對不對？」

徐沫影嘆了一口氣，仰頭看了看天：「對，我的。」

「為什麼不自己算？」

「我想聽你說。」頓了一頓，他補充道，「別人嘴裡說出來，比較客觀。」

林子紅吸了一口菸，淡淡地笑了笑：「好，八字給我。」

「我是八五年農曆八月生，乙丑，乙酉，丙子，辛卯。」徐沫影一個字一個字地緩緩報出自己的八字，看了林子紅一眼，「你知道我想算什麼。」

「我知道。」林子紅點了點頭，「你動搖了？」

「談不上動搖吧！」徐沫影自嘲似的笑了笑，「我想我從來就沒有堅定過，忽然覺得自己很蠢，蠢到明明知道卻把握不住自己的愛情和命運。」

「乙丑，乙酉，丙子，辛卯。」林子紅掐著手指頭，把這個八字重新念了一遍，「天干透兩印，地支一純印，身弱用印，你有才華，很適合做文章。」

林子紅所說全是術語。在五行生剋關係當中，所謂「印」就是某五行的異性相生五行。比如陽木的印，就是陰水，因為水生木的緣故，陰火的印則是陽木，因為木生火；印為養命之緣，代表了名譽、學問和文章，也代表母親和心性的仁慈。

看八字以日柱的天干代表自己，以月令和周圍干支的生剋論自己的強弱。徐沫影八字日柱天干丙火，生於秋天，正是火氣衰落的季節，坐下又是剋制丙火的子水，因此身弱。身弱，則對自己有幫助的干支五行就稱為「用神」。徐沫影八字正印較多，又雙雙透出天干，自然就是「身弱用印」。用印的八字印又比較突出，說明文才出眾，學問不錯，人心善良，卻難免流於軟弱。

徐沫影點了點頭，對林子紅的判斷表示肯定。

林子紅繼續說道：「你的月柱與時柱都是正財桃花，女人不斷，但是日柱地支與桃花刑剋，婚姻不幸，也難免因女人招來禍端。」

中國人自古以來講桃花說桃花，桃花這個命理術語可謂深入人心，但實際大多數人並不知道什麼是桃花。桃花是命理上的愛情標誌，屬於「星宿神煞」的一類，其他包括咸池、紅豔、沐浴等，在紫微斗數中，還有廉貞、紅鸞、天喜等星帶有桃花暗示。但是前人的書中過於相信所謂神煞的作用，禮法也嚴格，很多桃花星在現代並沒有實際意義，因此現在一般只以子午卯酉為桃花。

「命犯桃花」在現代社會理解，是個人魅力強、異性緣多的象徵。命中有桃花星的人，一般相貌都不錯，聰明，有才藝，但各種屬性的桃花卻象徵了不同的性格和吉凶走向。有人因桃花而深情，有人因桃花而多情，有人因桃花而夫妻恩愛，更有人因桃花而淫亂輕浮、身敗名裂。

一般月柱有桃花稱為內桃花，而時柱有桃花則稱為外桃花。內桃花恩愛專情，外桃花處處留情一身風流債，所謂「牆內桃花牆外紅」。徐沫影的八字十分特殊，桃花內外都有，再加上天干丙辛相合，八字上「合處」又會生情，注定了他是個多情種子的命運。

桃花之中帶刑剋，自然會因情生變，變則有亂。

八字論命，每個字都暗示了六親的位置。年為父母，月是兄弟，日干是本人，日支是妻子或丈夫，而時辰則是子女。徐沫影的日柱丙子，日支「子」代表了妻子，子與時柱的卯相互刑剋，則暗示了生離死別的遭遇。

從日支與時支的子卯「相刑」還能推算出徐沫影雖然文才，但無法從事文章寫作的工作。因為卯木在地支為印，是天干雙印唯一留在地支中的「根」，根受刑而被拔，雙印虛浮，印所代表的文章之事便擱淺了。

說到這，不能不提一下天干地支的含義。古人把一組干支看成一棵樹，天干為向天際發展的枝幹，地支為深入地下鞏固基礎的樹根，十二個地支，每個地支中都藏有不同天干的「根」，比如子中含有乙的根，寅中含有甲、丙和戊。人命八字，四天干加上四地支，若某天干在地支無根，則將只能在虛華之後枯萎，發揮不了太大作用，有根而根被拔出或被破壞，也預示了類似無奈的狀況。

林子紅給徐沫影把八字分析了一遍，轉頭看了看他，卻見八字的主人端端正正地坐著，正仰望夜空中的星辰，好像對他的解說全無興趣。他嘆了口氣，瀟灑地將菸頭揮手扔掉，問

道：「你根本不想算，對不對？」

「是啊。」徐沫影收回望向蒼穹深處的目光，「我剛剛覺得自己迷迷糊糊的，呵呵，聽你算了一會兒，雖然基本沒聽進去，卻覺得清醒了。我問你，你覺得算命有用嗎？」

「有用。不算命怎麼給自己取個五行適當的好名字？不算命怎麼知道自己住幾層樓對著哪個方向睡覺有財運？不算命怎麼知道哪年戀愛哪年結婚，來給單身的自己一點心理安慰？」

徐沫影聽完林子紅的話，不禁笑了：「好，你說了三點。第一點我不反駁，好名字對先天命局確實有一定的增強意義，但是你也知道，窮人永遠不可能因為換一個名字變成百萬富翁。第二點，假如你算定今年要發財，無論你對著哪個方向睡覺都不可能從天上掉下錢來。第三點，你今年三十七歲，如果你算到十年後才能結婚不知道是不是一種心理安慰？如果是，那麼二十年後呢？假如你算到自己一輩子不能結婚怎麼辦？」

林子紅呵呵一笑，說道：「我們學易這麼多年，多少都抓到一點命運的軌跡。確實，後天調整不會起決定性作用，想通過八字尋找心理安慰，也常常會找到讓自己更失落的答案。但是我們學這個的，總得對它抱有一點希望。」

「希望在哪？假如你算到我要跟藍靈結婚那我就該放棄少雪嗎？就好比你有一天終於結了婚，卻算出自己會離婚跟別人在一起，你會不會馬上離婚、心甘情願地離婚？」

「別拿我的事來說，搞不清感情歸宿的是你，關我屁事！」

「再搞不清我不也已經有了感情歸宿嗎？只是才差點忘記了自己腳下還踏著現實。事情卻已經發生了，傷害已經構成了，我當然不可能再重新選擇一次再重新傷害一次。這麼久以來我都沒算過自己的命運，今天差點就做了蠢事。」

林子紅白了他一眼：「那你不算了？」

徐沫影堅定地說道：「不算了。」

「好吧。能不能把碧凝的八字給我？」

徐沫影一愣：「你要她的八字幹什麼？」

「我對她有點興趣，因為她很可能是異能力者，我正在研究異能力的命理。」

「你果然厲害，竟然看出來了。」徐沫影笑道，「老實說，她確實是個異能力者，但她的八字我不知道。不過，我知道有一本書曾記載，她這種異能者很可能是四個乙卯。」

「四個乙卯？」林子紅皺了皺眉，「你小子睜眼說瞎話，虧你學命理，乙卯年去哪找乙卯月？要有人能生出這種八字我就跟你姓！」

「我也不信。」徐沫影淡淡地一笑，「就像她的能力一樣，令人難以置信，不過這兩樣加在一起，倒未必不可信。要是她的八字很普通，恐怕就不會有特殊的能力了。自古以來，八字對異能力領域的研究就是空白，沒有別的原因，只是因為普通八字無法反映異能力。」

林子紅想了想，點頭緩緩地說道：「沒錯，這話有道理。會不會每個不可實現的奇異八字都對應著一種異能呢？四個乙卯，四個乙卯……。」說到這，他忽然眼睛一亮，似乎想起了什麼，伸手一把抓住徐沫影的衣襟，急切切地問道，「你提到的那本書是什麼書？」

徐沫影淡淡地答道：「屍靈子的《卜易天書》。」

「呵！果然被我猜中了。非現實的八字排列，也只有他能研究得出來。」林子紅興奮地說道，「你師父是哪位高人？能不能把書借給我看看？」

徐沫影搖頭苦笑：「我真的沒有師父，書我更沒看過，那句話是我的一個朋友告訴我的。」

「真的？」林子紅不敢相信。

「真的。」

「那你那位朋友在哪？」

「北京，是我的一個同事。」

「好、好，」林子紅像個孩子搓著兩隻手，站起身來，在原地來來回回踱著步子，看樣子興奮得不得了，「你什麼時候回北京？我跟你一起去！」

回到飯店已經是深夜，徐林兩人分別回了自己房間。進門之前，徐沫影著意觀察了一下隔壁的動靜，只見房門緊閉，從細細的門縫裡向外透出一線燈光。徐沫影站住腳，猶豫了一下，還是走上前輕輕敲了敲藍靈的房門。

沒有人應聲。

他又敲了兩下，並輕輕地叫了兩聲「靈兒，靈兒」，聽了聽，依然沒有動靜。他轉過身，正準備回自己房間，門卻吱呀一聲打開了。聞聲回頭，只見藍靈打著赤腳穿著裙子站在門口，眼眶紅紅的，面無表情。

徐沫影張了張嘴，想說點什麼，卻不知該怎麼說，不禁感到一陣心慌。藍靈看了他一會兒，輕輕地問道：「你找碧凝嗎？她走了。」

「碧凝走了？」徐沫影大吃一驚，衝口問道，「什麼時候走的？這麼晚她能去哪裡？」

藍靈一臉漠然：「回來後她就走了，我不知道她要去哪裡，還有事嗎？沒事我休息了。」

說著，她便作勢準備關門。徐沫影趕緊說道：「我有事！」

藍靈門關了一半，站在那兒，一言不發地看著他，彷彿在等他開口。

徐沫影終於說道：「今晚的事情，我很抱歉。」

話音剛落，藍靈便二話不說，「砰」地一聲把他關在了門外。

徐沫影十分尷尬地站在門邊，傾聽著門內的聲響，靜靜地過了許久，卻聽不到任何腳步聲。他知道藍靈還在門邊守著沒有離開，同樣的，藍靈也必然知道他還站在門外。兩個人都默默地聽著對方的動靜。

徐沫影很想對她說點什麼，比如安慰的話、解釋的話，或者隨隨便便地隨便扯兩句，或者乾脆直接讓藍靈罵自己一頓。但他思前想後，覺得相較之下自己對她的傷害來說，所有句子都變得多餘。更重要的是，他害怕自己的些許安慰會帶來嚴重的後果。如果藍靈凍結的心重新融化掉，自己又將如何面對？

於是，他咬了咬牙，轉身一言不發地走開了。

門內的藍靈倚著門板站在那，聽見他離開的腳步聲，淚水禁不住再次奪眶而出。她伸手捂住了嘴，忍住不讓自己發出一點聲音，就那麼無聲地啜泣著。

她聽到隔壁的門鎖輕輕響了一下，門打開又關上，她彷彿能看到他低著頭走進屋裡的樣子。他一定也在難過，但為什麼要吝惜那幾句話？

她覺得心裡好冷，好孤單，從未像現在這樣無助。這世界上所有的一切都離自己那麼遠，好像每個人都固守著自己的那顆心，永遠不能完全地交融。她不知道能做些什麼，只是伸手關掉了燈，把自己完全拋棄在黑暗之中。

黑暗中，隨手抓一把都是記憶，是逝去的光亮。她記得從前她很快樂，在爸媽不吵架的時候，她可以無憂無慮，坐在樓梯上憧憬自己的白馬王子。那時候，小小的女孩是一個天生的詩人，她為窗外的每一處風景感動流淚，一朵盛開的花，一片凋零的葉，鉛灰色天空下緩緩飄落的雪。

長大了，她是那麼固執的一個女子。上班下班，孤孤單單地走過每一個季節，她靜靜地等待一顆心，等待一個人，可以跟她一起數夏夜的星星，沐浴春天的細雨，看北京大街上飛揚的落葉。

後來她終於等到這樣一個男孩。他有不羈的才華和落魄的遭遇，他有浪漫的情趣和堅忍的性格，當他高傲地站在自己面前，她想摸一摸他那寬厚的手掌。她從不退縮，她執著地追下去等下去，只盼那男孩有一天能為自己寫美麗的詩篇。

再後來，時光陷入黑暗的洞窟，她滑進冰冷的世界，她突然發現，有些東西她真的抓不住，本來以為抓住了，卻發現到頭來兩手空空。

這就是命吧。為什麼幫別人算了這麼多次命，自己卻不信命呢？最忠實的朋友，最頑固的敵人，它無處不在你卻看不到它，它如影隨形但你卻擺脫不掉它，這就是命運。

藍靈的思緒在黑暗中衝突著，看不到光亮，也找不到方向。寂靜中，她忽然聽到窗外傳來一陣笛聲，這笛聲婉轉幽怨，又透著幾分詭異的氣息，聽起來就像孤魂野鬼在曠野中低吟，令人禁不住毛骨悚然。

藍靈不由自主地走到窗前，借著黯淡的星光向窗外望去，卻模模糊糊什麼都看不見。她靜靜地聆聽著，那笛聲卻忽然停止。她不禁鬆了一口氣，正要轉身走回床邊，一個女孩的歌聲又在窗外響起。

她皺了皺眉。聲音雖美而調子卻過於淒涼，當她聽清楚歌詞的時候，禁不住渾身發冷：

不見了活著的朋友，
只剩下死去的新娘。

往事在地獄裡流傳，
樓門在哭泣中開放。

黑雲下雷鳴電閃的村莊，
匍匐著那單腿的野狼。
黑衣人在白天打盹，
白衣人在黑夜裡歌唱。

僵硬的屍體在山頭搖晃，
幽靈的腳步沙沙作響，
乾枯的手指掐死了月亮，
雪白的頭顱掛在天上。

這三段歌詞被反覆唱了兩遍。藍靈聽著聽著，心裡越發的恐慌。忽然，幾聲輕微的聲響驚動了她敏感的神經，她知道，牆的另一側，徐沫影也被這詭異的歌詞驚動而從床上翻坐起來。

其實，徐沫影並沒有睡覺，他怎麼睡得著？他一直靜靜地躺在床上，傾聽著藍靈屋裡的動靜，就怕她會做出什麼事情來。但藍靈的動靜沒有聽到，卻聽到這不期然的歌聲，聽著聽著，他便翻身從床上坐起來，披衣服下了床，走到窗前向樓下張望。黑暗中什麼都看不見，這讓他很想下樓去一探究竟。

他剛起了這個念頭，便聽到隔壁的房門發出一聲輕響。他一愣，趕緊開門出去，卻見藍靈的房門黑洞洞地敞開著，他低聲呼喚了兩次她的名字，卻聽不到回應。他斷定，藍靈已經下樓去了，他也趕緊披好了衣服，向樓下快步走去。

歌聲在繼續，越來越近，雖然星光黯淡，但是憑藉著對這一帶地形些許的熟悉，徐沫影慢慢地向目標接近，一面走他一面低低地喊著「靈兒，靈兒」。眼看便走到歌聲的源頭附近，忽然伸過來一隻溫暖的小手，緊緊捂住了他的嘴巴。他微微一怔，才看清藍靈正站在面前。

藍靈慢慢鬆開了手，向身後歌聲傳來的方向指了指。徐沫影探頭望過去，卻只看見一個苗條的白色身影，倏忽一閃，迅速地投入了林中，歌聲也在那一刻戛然而止。

兩個人對望了一眼，徐沫影輕輕地問道：「妳看到了什麼？」

「一個女人，穿一身白裙，光線太暗，看不清長相。」

徐沫影又向那影子消失的方向看了一眼，暗暗在心裡起了一卦，但是三秒鐘之後，他明白這一卦算不到任何正確的結果。他轉過身，淡淡地對藍靈說道：「回去吧！」

藍靈沒有吭聲，只是跟著他往飯店的方向走，一路上，兩個人很默契地都不再說話，距

離也保持得很好。直到進了飯店的上了樓，徐沫影把藍靈送到她房間，才輕聲說道：「早點睡吧！別想太多。」

藍靈站在門口，仰起頭呆呆地看著他，半晌，直到徐沫影轉身要離開的那一刻她才鼓起勇氣突然說道：「我很害怕！」

她確實很害怕，那曲子、那歌詞，只要一想起來她就禁不住要打哆嗦。雖然覺得說出這近乎乞求的話很不爭氣，但她仍然希望投入對方的懷抱。這些日子以來，她已經習慣這麼做。

但她不得不失望了。徐沫影只是停了一下，便頭也不回地走回了自己房間，這讓她忍不住想要流淚。她咬了咬嘴唇，在心裡咒罵著自己的軟弱，然後轉身快步回了屋子，她沒有開燈，賭氣讓自己處在恐懼和絕望中間。她相信自己不會再說一句類似的話，但是沒過多久，她的信心便漸漸地退卻了，那詭異的歌曲一直在腦海裡盤旋著，揮之不去。

這時候，燈卻意外地被打開，耀眼的光亮讓她的心忽然一痛，抬起頭，她這才發現，徐沫影拿著一本書站在了自己面前。

「妳睡吧，我在妳這裡看一會兒書。」徐沫影一面說著，一面關上房門，打開床前的檯燈，並把刺眼的吊燈熄滅，「從李淳風墓拿回來的書我還沒看，一直沒有時間，今晚睡不著，正好看看。」

藍靈站在床邊看著他，眼淚再也難以抑制，悄無聲息地順著臉頰流下來。好在對方背對著自己沒有看到，她趕緊迅速地伸手抹了去。

半個小時之後，藍靈和衣躺在床上，蓋著薄薄的被單，似乎是睡得很沉，臉上還殘留著些許的淚痕。她實在太累了，這災難的一天讓她心力交瘁。

徐沫影戴著眼鏡坐在床邊，靠那檯燈昏黃的光線仔細讀著書上生澀的句子。這本《五行秘占》顯然比上一本書更深奧難懂，但中間太多的奇思妙卻深深地吸引著他。

不知不覺，羅浮山的夜幕一層層地散去，天亮了。徐沫影從書裡抽身出來，看了看時間，已經七點鐘。床上的藍靈依舊在睡夢中，她的身體側向自己，一條雪嫩的手臂伸出來，搭在離自己半寸遠的床上。他愣了愣，然後放下書，伸出雙手輕輕地捧住她花朵般的手，低頭似有若無地吻了一下。

這一吻，為了藍靈對他的深愛，也為了自己心底深深的愧疚，他默默地對自己說：從此以後，別再犯這種錯了。

他起身出門，回了自己房間。他剛剛把書收好，就聽見走道裡傳來一陣急促的腳步聲，緊跟著，自己的房門被狂風急雨般敲著。

出了什麼事？徐沫影趕緊跑過去把門打開，卻見林子紅站在門外，手裡拎著一張嶄新的報紙。

「柯少雪，你那個明星戀人，她昨晚出車禍了！自己看吧！」

說著，林子紅伸手把報紙遞給了他。

第十七章　親密接觸

徐沫影的腦袋「轟」的一聲炸開了，他簡直不敢相信自己的耳朵。昨晚還好好的，怎麼會突然出了車禍？他凝神一看，卻見上面列著一個醒目的標題：臺上愛恨糾纏，台下生死難料。標題下面是一則簡短的報導：

「昨晚在青歌賽決賽中，準冠軍柯少雪的戀情意外曝光，在幸福和尷尬的衝擊下發揮失常，只獲得第三名，不得不讓人扼腕嘆息。然而，更令人擔心的是，比賽完畢後回家的路上，柯小姐竟不幸遭遇車禍，現在已經被送往醫院搶救，生死難料。」

看完之後，他一把將報紙摔在地上，轉身回屋。林子紅追在後面問道：「喂，怎麼辦？不打個電話問問嗎？」

徐沫影開始手忙腳亂地收拾東西，一面收拾一面答道：「我回北京，馬上！」

「你回北京？」林子紅皺了皺眉，「好吧！這邊就先放下吧，等萬易節閉幕，我再過去找你。我馬上叫車送你去機場。」

林子紅說完，轉身去了。

徐沫影很快收拾好東西，把那個還在貪睡的喵喵抓起來放在肩膀上，拎著行李轉身要出門，卻見藍靈站在門口，手裡拿著他丟在地上的那張報紙，正在那一聲不響地瞧著他。

「少雪出事了，我要回北京。」徐沫影十分平靜地說道。

「你走了我留在這也沒意思，你等我去找師父道個別，我們一起走吧！」

「不用。過幾天萬易節閉幕，林子紅要去北京找找，妳留下來帶他去比較方便。」

藍靈知道，徐沫影是有意避免兩個人同行，再說他是回去看柯少雪，自己的確沒有去的必要。她想了想，也就沒再強求，只是看了看徐沫影肩頭上打著瞌睡的喵喵，問道：「能不能把喵喵留下來，讓牠陪我？」

也許，有喵喵陪著她會開心一點。徐沫影毫不猶豫地把小東西從肩上扯下來，遞給藍靈。藍靈淡淡地一笑，伸出雙手把喵喵接過去抱在懷裡，說了句「一路小心」便轉身走開。

小東西從她圓潤的肩膀上探出頭來，瞪著兩隻圓圓的眼睛看著徐沫影，「吱吱」地叫了兩聲，好像是在向他道別。

徐沫影舉起手輕輕搖了兩下，藍靈的背影連同這小東西便一起消失在視野裡。他忽然覺得心裡有些不捨，大概是捨不得這精靈古怪的小東西吧！

上車之前，林子紅鄭重地交給他一個精緻的小金屬盒子，囑咐他下了飛機以後再打開看。徐沫影一口答應，並請林子紅在大會上替他向前輩們道別，兩人三天前還互不相識，三天後卻熟悉得像是老朋友。

新雨初晴，北京的七月赤日炎炎。徐沫影下了飛機，便火速地叫了一輛計程車趕往自己的住處。在車上，他拿出林子紅給的盒子打開一看，卻發現裡面裝的竟是那塊鏤空八卦牌，另有一張小小的字條。字條上歪歪扭扭地寫著幾句話：「兄弟，你是本屆當之無愧的卜王，你既然提前離開，那我不妨把牌子提前給你，不用等到卜王擂臺了，請放心，我會給那群老傢伙一個交代的。哈哈！」

看完字條，徐沫影不禁搖頭笑了笑，這個看起來吊兒郎當的傢伙其實還蠻心細的。他伸手把八卦牌從盒子裡拿出來，放進衣袋裡。有這個東西在，想算準自己蹤跡可就不是這麼簡單的事情了，起碼對自己的安全有一點保證。

計程車停在社區對面的馬路邊，徐沫影下了車，拎著箱子走上天橋。剛往前走了幾步，一抬頭間，卻發現前面走著一個穿牛仔褲和白襯衫的女孩，身材纖細苗條，背影像極了柯少雪。徐沫影禁不住一愣，以為自己看錯了，往前急走了幾步以便看得更真切一些。

女孩似乎剛從超市購物回來，兩隻手裡都拎滿了東西，她的步子邁得很慢，走路的姿勢優雅迷人。一個乞丐面前經過的時候，女孩忽然停下了腳步，側過身看了看那乞丐。在那一瞬間，身後幾步之外的徐沫影看清了她的側臉。

如果柯少雪沒有雙胞胎姊妹，他認定這就是柯少雪本人。那玉雕的臉頰、精緻的鼻子、迷人的唇線，看起來都是那麼熟悉。是的，她完好無損地站在那，哪裡像是剛剛出過車禍的樣子？難道報紙上的報導是假的？

一週前，徐沫影還以為會跟她成為陌路，一週後再次相見，柯少雪卻已經成了自己的戀人，而且，天下皆知。他看著她，心裡忽然就產生了一種歸屬感，心激動得怦怦直跳。他很想馬上就過去叫她，但他想了想又忍住了。在那之前，他想看看柯少雪究竟要做什麼。

柯少雪向坐在地上的乞丐輕輕地點了點頭，低頭看了看兩隻手裡滿滿的東西，又看了看地上，似乎是想放下東西掏錢給乞丐。由於剛剛下過雨，地面上還滿是積水，放東西很不方便。那乞丐看得出柯少雪的為難，便向她擺了擺手，示意她走開，不必施捨。柯少雪猶豫了一下，竟然半蹲下身體，用眼神示意乞丐自己去掏她的口袋。

那乞丐便嘻嘻笑著，把那隻黑得像煤炭一樣的手伸出來，緩緩探進柯少雪乾淨的褲袋裡，掏出一張二十元的票子，他望了柯少雪一眼，臉上露出狡猾的笑容。

路人們在指指點點，柯少雪好像全沒有知覺一樣，站直了身體，轉身提著東西又緩緩走開，只剩下喜滋滋的乞丐和傻愣愣的徐沫影。

她完全沒有看到徐沫影，而徐沫影卻被柯少雪高貴的心震撼了。即使是愛心氾濫的自己，恐怕也不會讓一個髒兮兮的乞丐伸手去掏自己的錢包，但一個乾淨漂亮的女孩，她就這麼做了，而且做得大方從容！

那一刻徐沫影心裡湧上一股狂喜，他更加相信自己沒有愛錯人。本想上前幾步叫住柯少雪，但他突然想到一個主意，只是遠遠地跟在她的後面。

看柯少雪緩緩走進了住宅社區，徐沫影一轉身，拐進了一家眼鏡店。他先在眼鏡店裡買了一副墨鏡，又去花店裡買了一束玫瑰。當他捧著玫瑰準備走出花店的時候，一個熟悉的身影從花店門口閃過，他趕緊戴上了墨鏡。

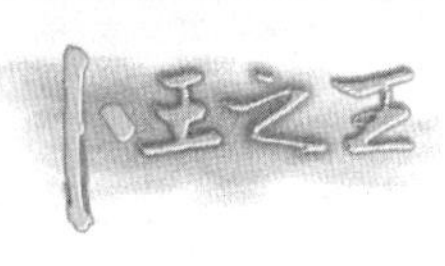

淡妝素裹，短髮長裙，柳微雲就在徐沫影前面姍姍而行，兩個人距離不過五、六步遠。被這副大大的墨鏡遮住半邊臉之後，徐沫影估計就算自己在她面前轉兩圈，她也未必能認得出自己。兩個人一前一後前往社區，眼看快到社區門口的時候，柳微雲似乎覺察到了什麼，忽然放慢了腳步。徐沫影愣了一下，伸手推了推墨鏡，繼續若無其事地往前走。就在兩個人擦肩而過的一剎那，他聽到柳微雲輕輕地跟自己打了一聲招呼：「你回來了。」

這一聲很輕，卻把徐沫影嚇了一跳，他簡直懷疑自己聽錯了。柳微雲從沒有回頭看他一眼，難道單憑走路的聲音就認出了自己？本想試試自己這副扮相能不能被識破，不想還是露了餡。他趕緊停下腳步，摘下墨鏡，對柳微雲點頭一笑：「是啊微雲，我剛下飛機。」

柳微雲的樣子並沒什麼改變，仍然是那副從容淡定的表情，看不出喜怒哀樂。她平靜地打量了一下徐沫影，最後目光在他手中的玫瑰上面停了一秒鐘，輕輕地說道：「我知道你會回來。今天上午，遠煙曾經找過我，說了你跟柯少雪之間的事情。」

徐沫影一愣，問道：「她也知道了？」

柳微雲點了點頭：「大家都知道了。」

「那她都說了什麼？」

「她只是問你什麼時候回來。」柳微雲淡淡地答道，「我對她說，要她今晚來找你。」

徐沫影早就料到，自己一回來，麻煩事就會接踵而至，但沒想到會來得這麼早。他剛才那份興沖沖的心情，一下子便煙消雲散。

兩個人都沒了話說，只是默默地並肩向前走，進了社區走到柳微雲的樓門口，柳微雲終於停下來問道：「靈兒她怎麼樣？」

徐沫影神色黯然地答道：「她還好，就是鬧了點情緒。」

實際上，哪裡是鬧情緒這麼簡單，柳微雲心裡自然很清楚。她雪亮的目光又從徐沫影的臉上滑向他手中的玫瑰花，淡淡地說道：「你到底愛的是誰，你自己心裡都不清楚。」

徐沫影承認柳微雲的話是對的，他苦笑了一下，說道：「有時候人是很糊塗的，你可能誰都不愛，可一旦你覺得愛了，那你就愛上了。」

柳微雲沒再說話，淡淡地看了他一眼之後，便轉身進了樓門。

望著樓梯上柳微雲的背影，徐沫影突然想起在羅浮山遇到的那位隱居的老人，想立刻追上去問問柳微雲跟那老人的關係，但是心裡又急著想見柯少雪，考慮了一下，便拿著花轉身走開。

徐沫影爬上樓，先開門把自己的包放在屋裡，洗了一把臉換了一身新衣服之後又帶上門走出去。站在柯少雪門前，他戴好墨鏡，然後鄭重地敲了兩下門。

激動地等待了幾秒鐘之後，門輕輕打開一條縫，徐沫影看到柯少雪從門縫裡探頭向外看了看。大概她沒有認出眼前的男人是誰，畢竟，她跟徐沫影見面時間不多，彼此還沒有那麼熟悉，她也沒料到徐沫影會突然回來，心理上沒有任何防備。她詫異地問道：「先生，您有什麼事嗎？」

徐沫影故意放粗了聲音，憨憨地說道：「太太您好！請問您是不是姓柯？有位先生給您訂了花。」

柯少雪一愣，隨即說道：「我還沒結婚，請不要叫我太太，我能問一下花是哪位先生訂的嗎？」

徐沫影憨憨地一笑：「訂花的先生說他姓徐。」

柯少雪一聽，臉上頓時便飛起了兩片紅雲，她打開門邁步出來，笑著向徐沫影伸出手來把花接過去，點頭說了聲「謝謝」。

徐沫影見她轉身就要關門，趕緊問道：「小姐，天氣太熱，我有點口渴，可以進去喝杯水嗎？」

「好的，請進。」

看得出，柯少雪十分高興，因此沒有絲毫的猶疑便把這個送花人讓進了屋子。進屋以後，柯少雪把玫瑰抱在胸前聞了聞，而後順手插進花瓶，給徐沫影倒了杯水端過來。

徐沫影接過水，故意打量了柯少雪兩眼，輕描淡寫地問道：「柯小姐，外面都謠傳您出了車禍，我看您現在不是好好的嗎？」

「車禍？」柯少雪的笑容頓時僵住，「我不知道你說的是什麼。」

「難道您不是最近很火紅的那個選秀明星柯少雪嗎？」徐沫影生怕柯少雪不承認，又補充了一句，「昨晚那束花也是在我們店裡訂的，給您送花的那個女生還是我女朋友呢！」

柯少雪愣了愣神，火燒雲便「刷」地紅透了雙頰，略有些羞澀地說道：「原來是這樣。對不起，我，我實在很怕陌生人打擾。」

「呵呵，我知道。」徐沫影爽朗地笑道，「不過對我們您儘管放心，我們一定會為您保密的。昨晚的事情，純屬誤會。」

柯少雪點了點頭，輕輕地說道：「昨晚的事並不怪你們，我也沒料到……他會訂花送過來，只能怪我自己太大意了。再說，也沒什麼大不了的。」

「是啊，我也覺得沒什麼。我女朋友要是參加比賽，那我巴不得把花送上臺去呢，當著那麼多電視觀眾的面表白，該是件多浪漫的事啊！」

徐沫影一面說著，一面仔細觀察女孩的臉色，只見柯少雪羞怯中透出一絲絲的喜悅，向花瓶裡的玫瑰瞥了一眼。這說明跟那時那刻的尷尬相比，柯少雪更在乎收到戀人鮮花的幸福感，徐沫影知道了她的心思，也就徹底地放了心。

「對了，外面都風傳您出了車禍，可我看您這不是好好的嗎？」徐沫影索性把心裡的疑惑都吐了出來。

柯少雪的眼底閃過一絲哀傷，向臥室望了一眼，淡淡地答道：「車禍確實是真的，但受傷的不是我。我沒心情去應酬記者，想安心地休息幾天，因此受傷的消息就誤傳開了。」

徐沫影一愣：「您說受傷的不是您，那是誰？」

柯少雪傷心地嘆了一口氣：「是仔仔，我養的小狗。」

「原來是您的寵物狗受傷了。」徐沫影恍然大悟，不禁關切地問道，「有沒有請寵物醫生治療？不知道傷得嚴重不嚴重？」

柯少雪神色黯然，又向臥室方向看了一眼：「不用請醫生了，牠死了。」

「死了？」徐沫影十分震驚。

「是的，仔仔牠死了。」說這話的時候，柯少雪的聲音有些發顫，就像在風中晃動的纖細蛛絲。

徐沫影能聽出她聲音裡壓抑著的悲傷。一隻朝夕陪伴自己的可愛小狗突然死掉，這確實是件令人傷心的事，尤其對孤孤單單的柯少雪來說，不比一個親人的死亡更容易忍受。那一瞬間，徐沫影真想走過去把柯少雪摟在懷裡，細細地撫慰她一番，但那樣一來，他就暴露了自己的真實身分。

在處理掉那些即將到來的麻煩事之前，他決定不讓她知道自己已經回來。

他端起杯子，一仰頭把水喝掉，然後把杯子放下，站起身向柯少雪告辭：「柯小姐，我該走了，謝謝您的水！」

「不客氣！」

徐沫影快步走向門邊，邁步出門的時候，他忽然想起了一件事情。他想到自己曾經給過柯少雪一個承諾，承諾捉一隻像柳微雲的朱朱一樣漂亮的鳥兒給她。現在他拿到了《五行秘占》，或許可以用上面的方法化一隻鳥兒出來。於是他停下腳步，回頭問道：「柯小姐，我前幾天去雲南，捉到一隻很奇特的漂亮鳥兒，您的寵物狗死了，不如我把牠送給您吧！」

徐沫影以為柯少雪會十分高興地接受他許諾的鳥兒，哪知道她只是淡淡地看了他一眼，勉強擠出一點笑容說道：「謝謝你。仔仔死了，別的寵物我也不想養了。那鳥兒一定很珍貴，你還是自己留著吧！」

徐沫影感到很意外，考慮到或許是因為彼此關係不熟所以她才不樂意接受，於是他又說道：「雖然漂亮，但也就是只普通的鳥兒，要不回頭我帶來給您看看？」

柯少雪依然搖頭：「我真的不想再養什麼了，謝謝你的好心。」

「不過是死了一隻狗，您別太難過了。要不要我再幫您買一隻小狗回來？」

「不必了。」

「那，」徐沫影考慮了一下，忽然問道：「如果您的仔仔能活過來的話，您還樂意養嗎？」

柯少雪只當他是開玩笑，笑了笑說道：「仔仔要是能活過來，我當然求之不得。可是，死了的東西，生命力都消失了，還怎麼能復生呢？」

「我聽說過一種方法，據說可以讓狗復活，不知道靈不靈，您可以試試。不過，前提是小狗死亡不超過一天。」

見徐沫影說得很認真，柯少雪禁不住問道：「什麼辦法？」

「首先您要用泥捏一隻一模一樣的小狗出來，然後把小狗的屍體和泥捏的小狗一起放在

家門口。注意，時間必須是午夜零點，經過一夜之後，那泥捏的小狗就會消失，而那隻死去的小狗就會復活。」

柯少雪想了想，疑惑地問道：「為什麼要把屍體放在門外？只是放在門外，什麼都不做，仔仔就能復活嗎？」

「因為狗歷來就是看家的動物，門口是狗的靈魂最喜歡待的地方，您把屍體放在那，靈魂就有可能回到屍體裡面去。午夜零點又是陰氣最盛的時候，靈魂的活動比較頻繁，那個時候復活成功的機率最大。」

徐沫影有板有眼地講述著自己編造的復活理論，把柯少雪唬得一愣一愣的。換了別的女孩，單憑簡簡單單這幾句話，誰也不會把復活當成真事，但柯少雪不同，她知道靈魂是存在的，她自己的親身經歷讓她對徐沫影的話半信半疑。對仔仔的感情，也使她寧願相信這都是真的，她一面聽徐沫影解說一面點頭，終於說道：「那我今天夜裡就試試看。」

「好的，希望您的小寶貝能成功復活！」徐沫影想了想，又說道：「不過，聽說剛剛復活的時候，狗不一定能認識家，往往會跑到對門家裡去。第二天早上，如果您在走道裡找不到自己的狗，不妨去鄰居家裡看一看。」

柯少雪十分感激地看了徐沫影一眼，剛要再次感謝他，卻恍惚覺得他有些眼熟，仔細又看了看，竟覺得越發的眼熟，於是遲疑地問道：「先生，我們是不是在哪裡見過？」

徐沫影知道再待下去一定會暴露真實身分，趕緊轉過頭，一面匆匆下樓一面答道：「我

也住在這附近，所以我們可能在街上見過面，您覺得我眼熟也不奇怪嘛！好了我要走了，還有不少花要我去送，再見了小姐！」

「好的，耽誤您這麼久，真是抱歉！」

徐沫影聽到背後響起一陣關門的聲音，他便又停下腳步，轉回身看了看，又上樓回了自己的屋子。

他要抓緊時間繼續看那本《五行秘占》，以便能實現自己對柯少雪的承諾。

傍晚時分，一輛紅色小車停在徐沫影的樓下，車門打開，卓遠煙從車裡跳出來，背後仍然背著那把寶劍。她先是仰頭向樓上望了望，然後一陣風似的踩著樓梯上了樓，按照柳微雲給她的房門號，很快來到了徐沫影的門前。伸手一推，門竟然沒關，卓遠煙也不敲門，好不客氣地閃身進了屋子。

「沫影！沫影你在不在？」卓遠煙剛剛喊了一聲，便發現客廳沙發上端坐著一個年輕人，正滿臉微笑地看著她，在他面前的茶几上，還放著兩杯熱茶。這不就是那個不負責任的擋箭牌——徐沫影嗎？

「遠煙妳來啦，快坐！茶還沒涼呢，正好喝。」

徐沫影站起身來，向卓遠煙熱情地打著招呼。卓遠煙看了他一眼，也不答話，幾步走到徐沫影對面的沙發上坐下來，端起茶喝了個一乾二淨。放下杯子，她伸手在嘴角上抹了一把，這才開口，一開口便是抱怨：「沫影，這下我們慘了，老爸老媽都發飆了。」

徐沫影皺了皺眉：「他們都看見昨晚的比賽了？」

「我媽看了。要說這事應該怪我，上次從長松山看了一場比賽，覺得那女孩蠻有意思，回來之後就盼著看決賽，我媽晚上沒事就陪著我看，結果就突然蹦出一束花，接著又蹦出你的名字。你想我媽能不懷疑嗎？我只好跟她解釋，說天底下叫『沫影』的又不止你一個。」

「妳媽她不信嗎？」

「信了！我原以為事情就這麼瞞過去了。誰知道今天一早，老爸就怒氣衝衝地趕回家，他丟給我媽一張報紙，說『這就是妳找的好女婿，自己看吧』，我拿過報紙一看，當時就傻了。」

說著，卓遠煙伸手從褲袋裡掏出一張皺巴巴的報紙，打開來遞給徐沫影：「你看看，就是這個！」

又是報紙。徐沫影發現，每次面對報紙的時候，都是些不好的消息。他十分頭疼地把報紙接過來，在茶几上鋪平了，發現上面以「新一代卜王的神奇愛情」為標題刊登著一則報導。該報導還煞有介事的指出了三點：

一、羅浮山新一屆萬易節雖未結束，但新一代卜王卻已經浮出檯面。此人年紀甚輕，不過二十四歲，但本領神奇，在萬易節上力壓群雄，出盡了風頭，此人姓徐名沫影；二、昨晚剛剛結束的青歌賽上爆出，轟動一時的音樂才女柯少雪竟然是徐的女友，徐沫影人在萬易節，心繫青歌賽，竟在柯少雪比賽期間送花上臺；三、據可靠消息，徐沫影另有其他的女

友，其中一女身分也極為特殊，竟是上將卓××的獨生女兒卓遠煙。在此之前，卓家正在張羅著將兩人婚事定下來，卻不料卓母親手挑選的女婿竟是個風流人物。另外，徐身邊的女孩個個貌美如花才能卓著，令人羨慕之餘禁不住感嘆：徐沫影此人，真是桃花遍野、色膽包天……。

報導寫得詳盡生動，但大意就是這樣。徐沫影看完之後，也不禁眉頭大皺，傻在那半天說不出話。

這些事情，除了跟柯少雪的戀情是無意曝光之外，別的都是隱私，除了徐沫影和身邊幾個女孩之外，不會有更多人知道。可是究竟是誰，把徐沫影這些事都告訴記者？

第十八章　化氣重生

頭疼。

徐沫影從沒想過事情會如此棘手。跟柯少雪之間的戀情曝光倒沒有太大關係，即便卓遠煙的父母知道了，兩個人直接說明真相也就解決問題了。但是現在，記者煞有介事的把這些事全都報導出來，恐怕沒這麼好解釋得清。卓家的兩位老人丟了這麼大面子，暴跳如雷之下，哪還聽得進任何解釋？

卓遠煙可憐巴巴地看著徐沫影，問道：「你說，我們怎麼辦？我原以為你會喜歡藍靈喜歡柳微雲，但是半路上居然又殺出一個柯少雪，我都有點無法相你了。我媽說你是個感情騙子，故意算我們倆有姻緣，騙取我們的信任，我跟他們解釋他們根本不聽，最後我沒有能說服他們，自己倒先動搖了。」

徐沫影直愣愣地看著她，忽然問道：「他們不清楚真相，可是妳應該知道，如果我真的欺騙妳的感情，那我為什麼不答應妳媽媽跟妳訂婚？我急著去長松山，不也是為了躲避妳爸爸嗎？」

卓遠煙聳了聳肩：「我不知道。騙子總是不容易識破的吧？尤其像你這種，身邊美女一堆，其中更有柳微雲這種聰明絕頂的女孩，自然有高超的手段。我很笨，猜不透你心裡在想

什麼，猜不透你究竟要做什麼。」

「好吧。」徐沫影很無奈地站起身來，「妳說，要怎麼做妳才能相信我？」

「相信你什麼？」卓遠煙抬起頭十分嚴肅地看著他，「你沒騙到我什麼，我無所謂，但我真希望你能給藍靈一個交代。她那麼愛你，你怎麼能這樣對她？」

「事情不是妳想像的那樣。」

「我什麼都沒想，我只看到了事實。」卓遠煙的目光裡有了些怒意，「你必須承認，你傷害了一個女孩的心！」

徐沫影來回在屋裡踱了兩步，轉過身來，向卓遠煙苦笑道：「妳錯了，被我傷害的人絕不是一個，但我從來沒有欺騙過誰。妳、柳微雲、碧凝，甚至藍靈，我從來沒說過自己喜歡過誰，真的。對我來說，妳們都是我的朋友，僅此而已。」

卓遠煙騰地從沙發上站起來，眼睛直盯著徐沫影看了半晌，忽然，她刷地一聲從背後抽出寶劍，寒光一閃，劍尖便抵上徐沫影的咽喉。

徐沫影神情凝定，面不改色地看著面前的卓遠煙。卓遠煙秀美的眸子裡散發出凜凜的威勢，一動不動地瞧著他，半晌之後才開口問道：「你敢發誓嗎？」

「說什麼？」

「你沒有欺騙過任何人的感情！」

徐沫影低頭看了看寒光閃爍的劍尖，不禁輕輕地嘆了口氣，緩緩說道：「好，我發誓，

我從沒欺騙過任何人的感情，愛情跟友情，我……分得一清二楚！」

話說了一半，他猶豫了一下。雖然有時候他在自己的選擇之間會有些許的動搖，但他自問並沒有做出過不該做的事情，他對得起愛情，也對得起友情，「一清二楚」或許談不上，但至少他並不濫情。

哪怕是這一點，在現代社會這個欲望如潮的花花世界裡，也算是難能可貴了吧？

寶劍回鞘。

卓遠煙的目光柔和了許多，她沒再看徐沫影一眼，轉身徑直往門外走去，邊走邊說道：「記住你的話，好好愛你該愛的人，不然我真的會殺了你。爸媽那邊的事情我會想辦法處理的。」

徐沫影跟在後面送了兩步，問道：「要不要我過去跟妳爸媽解釋一下？」

「那就不用了！他們正在氣頭上，你過去的話，我爸那脾氣搞不好一槍斃了你！」

「那好吧！有什麼麻煩妳再來找我。」

徐沫影送卓遠煙下了樓，看著她坐進車一溜煙駛出了社區，這才轉身返回樓上。回屋坐定了，他又把那張報紙仔細地看了幾遍，每看一遍心裡便增加了幾分寒意。知道自己跟卓遠煙關係的，也只有那麼幾個人——自己、藍靈、柳微雲和卓的父母，但是這幾個人都沒有把事情曝光的可能性。那究竟是誰，出於什麼目的把這些事情公諸於世呢？

他把報紙折起來，努力不去想這些。既然事情已經弄成這樣，擔心害怕都沒有任何用，倒不如放開了，做一點自己該做的事情比較好。

他草草地吃了一頓晚飯，便插上門，繼續研究《五行秘占》。這是夏天，倘若不抓緊時間想辦法復活那隻小狗，小狗的屍體很快就會腐爛，到時候恐怕就真的回天乏術了。可是這本書雖然詳細地講述了利用五行氣息微調天地萬物的方法，也涉及了靈體的生成和改變（當然，書裡稱靈體為魂魄），但對於如何復活生命卻隻字未提。

徐沫影讀完全書之後，合上書又仔細地思考了很長時間，這才設計了一套復活方案。

第一步，他稱為「固魂」。死亡的生命，靈一定已經走失掉了，但是魂必然還在，會跟隨在屍體左右。但魂還在繼續流失消散中，為了避免過度流散以至於最終無法聚集，施法期間一定要關門閉戶。

第二步，他稱為「培靈」。這是最關鍵的一步，書中曾講述有具體的方法。首先要用材料器皿製造一個跟屍體模樣差不多的「靈體模具」，然後將靈體放置在純五行靈氣中間，比如木制的模具要放在木氣中間，土制的模具要放在土氣中間。因為一氣獨坐的緣故，被純靈氣浸潤一段時間之後，模具中便會脫生純靈。

第三步，他稱為「合身」。這是用特殊的手段導引靈、魂回到身體裡面去的過程，看似簡單，實際是一個複雜的過程。

當他設計完這套方案的時候，時間已經是夜裡零點，他聽到對面有了些輕微的響動，便躡手躡腳走到門口，隔著門縫向外張望。

只見柯少雪的門打開了一條縫，燈光透出來照亮了一線地面。隨後，門慢慢打開，柯少雪抱著那隻小狗的屍體走出門來，憐愛地撫摸了幾下小狗的背毛，便彎下腰把牠輕輕放在地上。然後她轉身回屋，不多時，手裡便拿了一隻泥巴捏成的小狗走出來，也把它放在小狗的屍體旁邊。

一切放置妥當，柯少雪似乎還有點不放心，她蹲下身體，盯著小狗的屍體又看了半天，這才轉身回屋，輕輕地關上了門。

徐沫影靜靜地守在門後，直到確定柯少雪已經睡了，他才開門走出去，把小狗的屍體和泥塑的小狗抱回了屋裡。

他暗自慶倖自己之前看過「培靈」的方法，這才讓柯少雪做了靈體模具，不然，這一夜恐怕難以完工。

徐沫影關門上鎖，把窗戶也關得緊緊的，阻止屋內屋外的氣流流通。天氣炎熱，這樣一來屋子就成了大蒸爐，但為了防止魂體消散，不得不忍受一下。

第一步「固魂」，就這樣簡單地完成了，接下來就是最關鍵也最困難的第二步「培靈」。

八字理論講究扶抑二字。偏旺之五行，必抑制其力量不能讓其勢力過盛；偏弱之五行，必扶植其勢力不能使其力量過衰。抑強扶弱，以求達到命理的平衡。但是偏偏存在某些時候，強者太強而不可抑，弱者太弱而不可扶。前者好比強秦之於六國，它的發展已經是大勢所趨，無法遏止，不可抑制，只能繼續扶植。後者好比西蜀那位扶不起的劉阿斗，才能實在太有限，哪怕忠臣良將再多也只能落得一個國破家亡、樂不思蜀的局面，既然扶不起來，那最好的辦法就是放棄。

五行之中，強者太強而弱者太弱，無法取得平衡的時候，所有五行就會順從強者，形成一黨獨大的局面。在這種形勢下，「純靈」就會迅速產生。

實際上，在自然界，五行中一黨獨大的局面極少遇到，而眼下為了「培靈」，徐沫影正好急需這種環境，只能想辦法自己構造環境。徐沫影手裡的模具五行屬土，需要構造一個純土環境，至於怎麼構造，這就涉及長生十二宮的問題。

萬事萬物，皆有生死，而藉以推演和替代萬事萬物的五行，也有一個生死枯榮的過程。古人把這個過程分解成十二個狀態，以人生的生老病死命名，稱為長生十二宮，分別是胎、養、長生、沐浴、冠帶、臨官、帝旺、衰、病、死、墓、絕。

長生十二宮記錄了人由生到死的十二個步驟，也象徵性地描述了事物的發展規律，萬事萬物，生生滅滅，無不包含其中。

五行在十二地支上的長生宮位各有不同。比如木，長生於亥，帝旺於卯，墓於未，再比如火，長生於寅，帝旺於午，墓於戌。《五行秘占》中講，「長生」宮位是五行陽氣會聚的地方，「墓」宮位是五行陰氣凝合的所在，「帝旺」則是陰氣陽氣交感彙集的場所。

依據以上理論，人靈體與十二地支相對應的各個部位，對五行氣息有不同的牽引和儲納作用。比如寅對應手掌，是火的長生之地，可儲存陽性火氣，而戌對應腹部上方，是火的墓地，可儲存陰性火氣。

《五行秘占》中記述了利用靈體作媒介來會聚周圍空間五行氣息的法門。徐沫影就是利用這些法門，調節自身的氣息，緩緩地將周圍空間的陽性土氣牽引到自己的周圍。當他做這些的時候，忽然想到了一個問題。屍靈子號稱沒有靈體，卻可以使用化氣，這是不是表明他的化氣跟李淳風的化氣原理並不相同呢？

沒有時間多想。在土氣凝聚沉積達到一定厚度之後，他將那只泥土雕塑的小狗放進了土氣中間，然後慢慢地等待純土靈的形成。

整個過程，由於需要觀察到空間中的五行氣息，所以他打開了靈覺。倘若不是學到了靈覺的開放方法，就算掌握了化氣的手段，也無法實際應用。

時間並不是很久，兩個小時。午夜兩點鐘的時候，徐沫影發現泥塑的小狗周圍隱約散出土黃色的光輝，便知道土靈已經形成。

在靈覺的感知之下，他發現了一個奇異的現象。那隻在屍體旁邊呆立許久的小狗魂體居然緩緩地走向新生的靈體，最終與新生靈體融合在一起，成為青黃光芒交織的一團。然後，那團光芒又緩緩地飄回小狗的屍體旁邊，一探頭，便鑽進屍體裡面。就這樣，在不足兩分鐘的時間裡，靈魂合身的過程自動完成，完全不需要徐沫影實施自己制定的複雜程式。

對此，他只能理解為這是魂體的一種本能。三體之中，只有魂體擁有思維能力，可以統合靈體和身體，魂體是生命的指揮中心，靈體是生命力的源泉和驅動裝置，而身體則是生命的物質容器。

省卻了許多麻煩事，徐沫影長舒了一口氣，關閉了靈覺，坐在沙發上，一面胡思亂想一面等待小狗的慢慢復甦。這次打開靈覺他並沒做過於複雜的探查，但儘管如此，嚴重的腦力消耗還是讓他昏昏欲睡。他的眼睛緩緩閉上，思維開始跳躍，幽暗深邃的黑夜裡，他忽然看到了淺月的笑臉，看到了淺月死後大門緊閉的院落，看到了荒涼的白骨堆疊的墳場，最後，眼前又閃過碧凝含笑的眼睛。

一瞬間，他突然睜開眼睛，從沙發上一躍而起。

他想到了一件極可能又極不可能發生的事情。

蘇淺月的死，曾經給他留下了種種疑點。找不到的墳墓，施法的大師，重門深鎖的院落，突然出現的新墳，這些在當時解不開的謎，今天細細想來卻似乎都在預示著同一件事——淺月的化氣重生！

出了殯卻沒有墳墓，說明根本沒將屍體下葬；那緊緊關閉的院門，拒絕所有訪客的奇怪態度，很像復活小狗時的「固魂」。只是小狗的屍體很小，靈體也小，需要的時間很短，復活一個人卻需要幾天的時間，如果不關門閉戶謝絕來客，恐怕人的記憶就會隨著魂體消散得無影無蹤了。至於後來出現的新墳，不過是掩飾淺月重生的障眼法而已。

那麼，假如淺月真的已經重生，她人又去哪裡了呢？

很快，徐沫影不由自主地想到了碧凝，因為這是他所知道的唯一一個靈體被改變的女孩，而且，她的聲音跟淺月很像，個性也有淺月斑斑點點的痕跡，還有她在飛雲峰上告訴自己的那個「心靈感應」，這一切一切，是不是都在向自己暗示著什麼?

靈體的重塑，自然會使人的八字發生變化，很可能因此改變人的外貌長相。碧凝的長相跟淺月相去萬里，但這並不是能夠否定一切的理由。

也就是說，碧凝就是淺月，淺月就是碧凝?!

徐沫影想到這裡，不禁熱血上湧，心突突地狂跳。他想不明白自己之前是怎麼了，為什麼一直沒想到這一點，直到今天，熟悉了化氣重生的過程，他才恍然解開當初的種種疑點。

此時，碧凝的一顰一笑又重現眼前，那麼親切那麼美麗，他彷彿做了一場夢，醒來時忽然發現自己最愛的人竟然還活在這個世上，是的，她還活著，她還活著!

她就活在自己身邊，記憶的遺失使她忘記了他是誰，但她卻憑藉愛的本能保護著所愛的人!

一定是這樣!

徐沫影徹底地想明白了這一點，他激動得想要落淚。

然後，就在這午夜兩點多鐘，他不顧一切地打開門狂奔下樓，接著，他一口氣跑出社區，邊跑邊仰望著深邃的星空大笑。他站在馬路中間，手舞足蹈並大聲叫喊著攔住了一輛計程車，讓司機載他前往阜成門。

凌晨三點鐘，他跳下計程車一路飛奔到一座住宅社區圍欄外面，手腳並用翻過圍欄進了社區。落地的時候他不小心有些扭到，但他馬上站起來一拐一拐地往前奔跑，終於停在一個住宅的樓門口。他定了定神，邊喘氣邊向樓門望去，心裡不斷地念叨著：「就是這裡，就是這裡」。

凌晨三點，黯淡的星光下，黑洞洞的樓門敞開著，就好像地獄的入口。

第十九章　黑暗門庭

不知道為什麼，徐沫影這次清晰地算定了碧凝的住址，他一路狂奔過來，翻越圍牆闖進社區，直接來到了她的樓門前面。他相信自己的感覺沒錯，一定就是這幢樓，不出意外的話，碧凝就住在這幢樓的頂樓。

樓門黑黝黝地向他敞開著，四周一片安靜。他看著樓門喘了幾口氣，忽然想到這樣的深夜，自己的到訪未免過於魯莽；但他想見碧凝的心情比任何時候都急切，他迫切地想要證實自己的推理，想要驗證愛人仍然活著的事實。他穩定了一下情緒，邁步走進了樓門。

他摸索著爬上樓梯，輕輕地跺了跺腳。北京大多數樓房都裝有聲控燈，跺一跺腳燈便會應聲打開，但這座樓房好像沒有，用不同力道跺腳數次之後，他不得不在黑暗中宣佈放棄。

漆黑使他的雙眼沒了作用，靜謐封閉了他的耳朵，他緩緩地踏上每一層樓梯，只聽到自己輕微的腳步聲響。在這個陌生的走道裡，他忽然覺得有絲絲寒意襲上心頭。

實在是太漫長的攀登了。登上兩層樓之後，他伸出雙手，在牆壁上摸索電燈開關的位置。他相信，沒有聲控燈也該有手控或溫控燈用來照明的，但他上上下摸索了半天，什麼都沒有摸到，卻感覺手心裡一陣酥癢，好像有什麼東西爬進了手心，並繼續沿著手腕爬上自己的手臂。如果沒猜錯，那應該是只蜘蛛類的爬蟲，他心裡一驚，手腕猛地一抖，將那黑暗中的活物甩出去。

剛剛在復活小狗的時候開放靈覺耗費了大量腦力，經過剛才的興奮期，他現在已經感覺到了大腦的疲倦。儘管如此，他仍然盡力卜了一卦，卜完之後，他放棄了尋找照明燈的打算。整個走道，各層的燈具都已經廢棄不能使用，要想繼續往上走，只能摸黑前進。

正常的住宅，燈卻全部壞掉了，這實在有些匪夷所思，繼續摸索著往樓上走的時候，他心裡不免有些忐忑。更讓他驚懼的是，走了幾步之後，他扶在樓梯欄杆上的那隻手的手腕上，再次有了麻癢的感覺，一隻蜘蛛樣的東西又趁黑攀上了他的手臂。他只得拼命一甩，將手臂上爬行的異物盡力甩脫。

黑暗和孤獨最容易讓人產生幻想，何況，徐沫影正置身於這樣詭異的情景。於是有關恐懼的幻想逐漸在心裡瀰漫開來，他彷彿看到走道裡爬滿了大大小小的蜘蛛，很可能下一刻就爬得他滿頭滿臉到處都是。他很想轉身走回去，但一想到碧凝就在上面，便又咬了咬牙，堅持著往上走。

他覺得自己的情況從沒比這更糟糕過，頭昏、腳痛、陌生的走道、毫無光線的黑暗、不知何時就會爬上身體的蜘蛛，最大的問題是昏昏沉沉的頭腦使他無法起卦測算，他不得不一次次在心裡給自己打氣。

碧凝就在上面，不，應該說淺月就在上面，那個自己深愛也深愛著自己的女孩，她一定就在這樓上。他還有很多話要對她說，上次出事之前他什麼都沒來得及說，他原本以為她死了，他的話她再也聽不到了。但現在他確定她還活著，他必須儘快見到她，一刻也不想多等。

徐沫影拋開恐懼，忍住痛苦，憑感覺一步步往樓上走去，就這樣艱難地走上大概三、四層之後，他忽然聽到頭上傳來一聲錚然的琴響。這聲音在死寂中突然傳來，讓徐沫影禁不住打了一個哆嗦，他停下腳步，抬起頭向樓上望去，除了黑暗還是黑暗。而那琴聲只是響了一下便又銷匿於無形。

半夜琴響，一定是有人在作怪。

徐沫影只是愣了一下，並沒有再感到害怕，他穩定了一下情緒，繼續一步一步向黑暗中邁去。大概又摸黑爬上了五、六階樓梯，那琴聲便突如其來又響了一下，毫不留情地劃裂了徐沫影的感覺神經。

他愣了一下，側耳傾聽了一陣，除了自己沉重的呼吸聲卻什麼都聽不到。抬起頭，他終於鼓起勇氣向琴聲傳來的方向問了一聲：「誰？」

沒有人聲，也沒有琴響。

徐沫影覺得自己的聲音在這靜夜裡實在太過突兀，他決定不管上面有什麼人，都要走上去看一看。當然，如果上面的人躲在暗處想要給他一個悶棍，那他什麼都反應不過來就會昏死過去。

他大著膽子邁步上來、這已經是頂樓，就是他算定的碧凝所住的房間。他稍一猶豫，用腦過度導致的劇烈的頭痛便開始發作，他趕緊走到門前，輕輕地敲了兩下門。

沒有人應聲，但門卻在他無意的推動下打開了，在黑暗裡發出「吱吱呀呀」的聲響，像老巫婆所哼唱的奇怪咒語。

徐沫影愣了一下，隨即輕輕地呼喚了一聲「碧凝」。

他的聲音激不起一絲一毫的回應，他靜靜地站了一會兒，終於忍不住推開門走進了房間。

他知道，他只是從一個黑暗走進另一個黑暗，他一邊摸索著牆壁，一邊低聲呼喚著碧凝的名字。出於對卦術的自信，他不擔心自己會走錯，這一定是碧凝的房間沒錯，但他猜不透碧凝為什麼不應聲。睡著了沒聽見嗎？那門又為什麼是敞開著的？是粗心沒有鎖好的緣故嗎？

謝天謝地，電燈開關終於被他摸到了，他為了即將到來的光明而感到欣喜。但是，開關按下之後，他心裡的驚喜卻一下子化作了沮喪。

房間裡的燈竟然也是壞的。

頭痛使他慌亂，他急切地想要找到碧凝，至少，找到一點光亮。慌亂中他往前邁了兩步，卻不小心被什麼東西絆倒在地上。

他重重地摔在地上，差點把自己的門牙摔掉。然而當他從地上爬起來的時候，心裡卻十分高興，因為，在摔倒在地上的那一瞬間，他無巧不無地抓到了一個手電筒。

按下手電開關，一個期待已久的光柱終於在黑暗中亮起，這時那束明亮的光柱正照在臥室白色的門簾子上面。他發現那門簾特別奇怪，竟然都是用拇指肚大小的骷髏頭骨串成，更奇怪的是，手電筒光柱照著的骷髏門簾的後面，露出半張蒼白的女人的臉。

那是個三十歲上下的女人，漂亮的瓜子臉，彎彎的柳眉，細長的眼睛，長得十分豔麗。她的皮膚很白，蒼白沒有一點血色，烏黑的頭髮長長地披散著，覆蓋住裸露的雙肩。手電筒光柱的盡頭，是女人那冰冷而銳利的眼神，她一動不動地望著徐沬影，像兩隻冰冷的鋼錐刺進他的眼睛。

女人無聲息地出現，讓徐沬影心裡一驚，差點把手電筒掉在地上。

他不由自主地往後退了兩步，這時，有什麼東西突然從身後躥過，發出「嗖」的一聲輕響。他迅速地轉過身，照向那聲音的來處，卻看見一隻花瓶搖晃了幾下，便從桌上「骨碌碌」地滾下來，「啪」的一聲跌碎在地板上。跟著，身背後傳來一聲「喵嗚」的叫聲。

一系列聲音突如其來地降臨，像黑貓的爪子，撕碎了黑暗，也讓徐沬影膽戰心驚。他猛地轉過身，再次照向那聲音的來源，卻只發現角落裡有一面巨大的蜘蛛網。驚詫中，他再一次用手電筒照向剛剛那細碎的門簾，卻發現女人的臉也已經消失得無影無蹤。

的確不是普通人家，雖然徐沬影早就知道，碧凝的師父是位占卜界的高人，但高人的家也不應該是這種樣子。至少，一個正常的女孩子住在這裡，也不會把家搞成這樣。

碧凝在哪？剛才那個女人又是誰？是不是碧凝的師姊，或者，她的師父？

他低低地向著門簾裡面問了一聲：「請問，碧凝住在這嗎？」

靜靜地聽了聽，沒有人應聲。

女人應該就在那間屋子裡，她為什麼不說話，為什麼不回答自己？他大著膽子走過去，輕輕挑起了門簾。屋裡漆黑一片，什麼都看不見，他拿手電筒向裡面照了照，光只照亮巴掌大的一塊牆壁，牆壁上的石灰已經剝落得斑駁陸離。

他轉了個身，手電筒光柱從上向下緩緩滑落，落在一張破舊的雙人床上。他意外地照見了一隻女人的腳。

他先是一愣，隨後才想到這可能是女人的臥室。基於禮貌本想就此把手電筒抽走，轉身出去，但細心的他卻發現那隻腳上有幾個斑斑的紅點，殷紅如血。

他皺了皺眉，持著手電筒繼續沿著女人的腿向上緩緩照過去，先是白皙的小腿，再到赤裸的大腿，紅色的血點越來越多，到後面便是大片的殷紅！當手電筒光柱轉到女人的胸前，他看見鮮血淋漓中直插著半柄寒光閃閃的鋼刀！

很明顯，一個赤身裸體的女人被殺死在床上。

猛然發現這些，讓徐沫影驚怖到了極點，他的頭又是一陣劇痛，握住手電筒的手開始打顫。但他仍然忍住想要轉身逃掉的衝動，打著手電筒繼續向女人的上身照過去，他很想看看這女人是誰，是不是剛才他看到的那個妖豔的女人。

手電筒一點點掠過女人細長優美的脖子，照亮了那張臉，也照亮了一雙灰白色的眸子。

那一剎那，他覺得女人那雙眼睛正拼命地瞪視著自己，那仇恨的、凌厲的目光使他遍體生寒，忘記了從女人扭曲的面孔中分辨她的長相。

向後退了兩步靠在牆上，他忽然感到頭痛得無以復加，疲憊和驚恐如潮水般襲來，不可遏止地吞噬了他最後一點思緒。

手電筒自手中滑落，「啪」的一聲掉在地上，他的身體慢慢地順著牆壁滑落下去，最後坐倒在地。他昏倒了。

昏倒之前，他模糊地記起碧凝曾經說過她住在三樓，掉在地上的手電筒光柱中看到一角白色的裙裳。裙裳一閃而過，他失去了意識。

醒來的時候，徐沫影發現自己滿身灰塵地坐在牆角裡。這是一間二十平方公尺左右的臥室，牆面斑駁，灰塵四起。對面是一張塌陷的舊床，床上空空的，什麼都沒有，連床墊都沒有，只有一塊斷裂的床板。

光線有點暗，但徐沫影相信這就是自己昏倒前的那間屋子。他看見地面上還有一排自己的腳印，只是那把手電筒卻不見了。

他恍然明白這是一個騙局。但他好好的在這，設局的人要騙他什麼呢？他想了想，趕緊摸索著檢查了一下身上攜帶的東西，錢包還在，錢也一分不少，唯一不見的，只有那張卜王八卦牌。

林子紅送給他的那張八卦牌丟了，而那張牌是妨礙別人徹底掌握他行蹤的東西，對方的意圖很明顯。

也不知道這地方是哪，總之不能多待下去。他從地上爬起來，拍了拍身上的塵土，向門外走去。出門的時候，他注意了一下臥室的門簾，那是用白色的珠子穿成，不知道為什麼昨晚竟看成一個個的小骷髏頭。

門是開著的，他逕自走出去，順著樓梯「噔噔」地下了樓。整個走道清淨無比，但是他剛一出樓門，一個社區警衛便喝住了他。

「等等！幹什麼的？」

那警衛看了看徐沫影，又看了看敞開的樓門，神色詫異。

徐沫影笑笑答道：「沒什麼，我隨便走走，串門。」

「串門？」那警衛皺了皺眉，十分懷疑地看著他，「串門來這棟樓？跟鬼串門啊？這樓沒人住你知不知道？」

「沒人住？」徐沫影不禁一愣。

「這棟樓是危樓，人全都搬出去了，你不知道？」警衛伸手一指樓門，「你不是社區物業的人吧？你怎麼開的門？」

「我來的時候門就是開著的。」

警衛又上下打量了他幾眼，看他灰頭土臉的樣子便更加懷疑，對他揮了揮手，說道：

「走吧，跟我走一趟！」

「去哪？」

「去找公安。你先把身分證給我看看。」

徐沫影一陣為難：「出來得比較急，忘帶了。」

「呵，那跟我走吧！」

徐沫影百口莫辯，無奈地跟著警衛往前走，一面走一面考慮怎麼脫身。忽然，他聽到一個熟悉的聲音在後面喊道：「表弟，你去哪裡啊？」

第二十章　心傷碧凝

徐沫影猛地回過頭去，碧凝笑吟吟地站在身後幾步開外，調皮地對他眨了一下眼睛。

這時，那警衛也回過頭來，一見碧凝，剛才那股神氣和冷漠的勁頭頓時都換作了恭敬和熱情，笑著向碧凝問道：「哎喲，這不是碧凝小姐嗎？」

碧凝楚楚動人地看了那警衛一眼：「一看就知道你有事要姊姊幫忙，是不是又想給哪個女孩送花了？」

「這次可不是。」那警衛搖了搖頭，向碧凝走近了兩步，問道：「碧凝小姐，都說妳師父看風水看得好，我想拜託他給我們家看一下風水。」

碧凝左手叉腰，右手像蘭花般伸開，從嫩白的掌心裡鑽出一朵盛開的紫羅蘭。她一面拈著那花到唇邊去嗅，一面說道：「我師父可不給一般人看，不管你出多少錢都不行。」

「我知道，所以想叫您幫忙求個情嗎？」

碧凝抬起頭，看了徐沫影一眼，笑道：「當然沒問題。不過，我想問問，你這是要帶我表弟去哪裡啊？」

那警衛看了看徐沫影，不禁一愣：「他是妳表弟？」

「不。」碧凝一面搖頭一面笑道，「不過，我是他表姊。」

警衛想了想，尷尬地笑了兩聲，說道：「小姐總是喜歡開玩笑。既然他是妳表弟，那就沒什麼事了。妳表弟沒帶身分證，我就怕是外來的人來亂的。」

「放心吧，他是來我這玩的，最多也就是來亂我，可亂不到你。」

「那沒事了，我值班去，我們回頭再聊。妳可別忘了跟你師父說一下！」

警衛說著，轉身走開了。等警衛走遠，徐沫影正想上前跟碧凝說話，碧凝卻收斂了笑容，連正眼都不再看他，也要轉身走開。他愣了一下，跟上去說道：「碧凝，謝謝妳！」

碧凝不鹹不淡地說了一句：「不客氣。」

「我找了妳半夜，有些話想要問問妳！」

碧凝停下來看了看他，冷冰冰地說道：「好吧，有什麼話儘管問！」

徐沫影感覺碧凝的態度有些不對，猜想是還在為羅浮山的事情生氣，於是柔聲問道：「你還在因為前天晚上的事生氣吧？」

「沒有。」碧凝淡淡地答道，「你喜歡誰那是你的權利，我不能也不想干涉你，所以我根本沒有權利也沒有義務生氣。不過，你同時跟好幾個女孩子談戀愛，這是不是有些過分了？」

徐沫影驚訝地問道：「你聽誰說的？」

「還用聽誰說嗎？每份報紙都有，難怪藍靈那天會哭成那個樣子，愛上一個花言巧語負心薄倖的男人，真是一個女人最大的悲哀！」

碧凝小嘴伶俐，說完瞪了徐沫影一眼，轉身又要走開。徐沫影趕緊小跑幾步，張開雙臂攔在她面前說道：「報紙的報導是假的，妳聽我解釋！」

碧凝看了他一眼，兩隻胳臂交疊著抱在胸前，淡淡地說道：「那好，你解釋吧。」

「我承認，柯少雪跟我的戀愛是真的，但卓遠煙跟我的關係卻是假的，是為了哄騙她父母編出來的。藍靈一直喜歡我，但我一直沒有答應她，至於柳微雲，我們根本就是純粹的朋友關係！」

碧凝淡淡地望著他：「還有嗎？」

「還有，我找到妳之前所說的『心靈感應』的原因了！」

「心靈感應？」碧凝詫異地搖了搖頭，「我沒跟你說過吧？我只對一個忠厚善良的朋友說過，可不記得對一個薄倖的男人說過。」

「這麼說，妳還是不相信我？」

「不，我很想相信你，但單憑這幾句話我無法相信你。相較之下，我更相信眾口所傳，更相信親眼所見。我對你說過的話，你就忘了吧，就算我們有前世，前世也是你欠了我，所以我這世的靈魂要追著你，討還你欠下的債！」

徐沫影聽著聽著，就覺得是淺月在對自己說話一樣，不禁衝口說道：「對，是我欠了妳！」

碧凝沒好氣地看了他一眼，轉過身去：「可是我現在不想討債了。你這樣子，只會欠我越來越多。」

情急之下，徐沫影也來不及多做解釋，直愣愣地說道：「不會的！妳聽我說，我可以為了妳放棄現在的愛情！」

碧凝正要邁步走開，聽到他的話，不禁又回過頭來，問道：「這就是為了新歡拋棄舊愛嗎？我真的發現你越來越偉大了呢！不過，請你把這些話這些激情收回去吧，留著對別的女孩子說。如果你對藍靈說，她一定會被你感動得痛哭流涕的，但是我不會。我對你，只有兩個字：鄙視。」

碧凝平靜地說完這些話，轉過身向反方向快步走去。

徐沫影的心冰涼一片，一肚子話不知道該怎麼說才好，他知道無論自己說什麼碧凝都不會相信，但他又怎麼能甘心？看著她漸漸遠去的背影，他突然大聲地說道：「妳是為了救我而在車禍中死去的女朋友，妳的真名叫蘇淺月，妳記得嗎？碧凝。」

遠遠地，他看見碧凝停了下來。雖然她沒有轉身，但他還是驚喜地看到了希望，於是繼續大聲喊道：「妳被占卜高人化氣復活了，損失了一部分記憶，所以不認得我了！妳知道嗎碧凝？」

太好了，他看見碧凝轉過身來了！她一定是相信了他的話，至少，已經相信了一部分！徐沫影一定了這一點，他一面拔腿向碧凝跑過去，一面繼續喊道：「我是妳最愛的人！妳的心靈感應，一定是因為妳內心深處還牽掛著我！」

可是他剛剛跑了兩步，就看見碧凝一揮手，一枝帶刺的月季花便旋轉著飛向他的面門。

他伸手去接，卻沒有接住，那花結結實實地打在了他的臉上，花葉子擋住了他的視線。當他把花從臉上拿開的時候，碧凝卻已經不見了蹤影。

徐沫影興沖沖地跑過來找碧凝，萬沒料到結局竟是這樣。明明有很大把握認定她就是自己的戀人淺月，可是對方卻根本不相信自己所說的任何話，對自己不理不睬。他有心就這樣回去，卻怎麼也不甘心。傻愣愣地在原地站了一會兒之後，他決定去找那位跟碧凝相熟的警衛。

那年輕的警衛正站在社區門口值班，見徐沫影過去，便擺出一副嘻嘻哈哈的神態。他以為徐沫影真的是碧凝的表弟，討好一下總是免不了的。

徐沫影上前打了一個招呼，笑著問道：「我昨天才過來玩，不認識路，剛才在社區裡轉了一圈，連家門都找不著了，想請教你一下。」

那警衛不禁一愣：「你是說碧凝小姐家是不是？」

徐沫影連忙點頭：「是是。」

「還真沒見過你這麼健忘的人！」警衛向徐沫影伸手一指，笑道：「對面那棟樓，301房間。」

徐沫影心中暗喜，謝過了警衛，回身就向那棟樓快步走去。

這時候已經是早上七點多鐘，上班的人們開始三三兩兩地往外走，徐沫影只想著上樓去找碧凝，對從身邊經過的人也不怎麼留心。進樓門之前，他看見有個年輕女人抱著一隻貓跟自己擦肩而過，也沒多大注意，但是上了兩層樓梯之後，他忽然覺得剛才那女人跟昨晚自己

在廢樓見到的女人有點像。他轉身追出樓去想看個究竟，卻發現人已經走得無蹤無跡。

也許是自己多心了吧？還是上樓去找碧凝重要。這樣想著，他又折回來往樓上走，很快爬上三樓，找到了301的門牌，卻發現門牌下面的那扇鐵門鎖得很牢。顯然，主人不在。

碧凝沒有回來。徐沫影在門口站了一會兒，不得不滿懷失落地往樓下走去。

回過頭來看看自己的生活，他忽然發現一切又都發生了天翻地覆的變化。若淺月真的沒死，碧凝就是淺月，那他跟柯少雪的感情將要放在何處？難道真的就像他對碧凝說的那樣，放棄？

放棄，這兩個字怎麼好說出口？感情，難道說有就有，說沒了就沒了嗎？徐沫影知道自己不是可以輕易放得下的人，已經相愛，並已經愛得天下皆知，就更不可能隨意放下。可是碧凝又怎麼辦？萬一碧凝恢復了記憶，知道自己就是淺月，那自己又該怎樣對她？

他出了門攔了車，坐在車裡，一路上腦子裡亂得像一團漿糊。他無心構築這一場錯位的愛情，但諸多感情的煩惱卻錯綜複雜地糾纏著他、捆綁著他。假如淺月沒死，那他跟淺月之間的愛情就會平淡而深刻地一路走下去，就像每一對傾心相愛的戀人。又假如淺月沒有復活，那他會全心地愛著柯少雪，陪她走完這段日子，幫助她走向音樂事業的輝煌，他們兩個也可以做一對平平凡凡的夫婦。可是上天偏偏讓淺月死了，又讓淺月活了。當然，也許徐沫影的估計是錯誤的，淺月有可能沒有復活，但至少現在，她在他的心裡活了，他已經認定她沒有死，那就有無窮的煩惱撕扯著他的心。

徐沫影沮喪地爬上樓梯，站在二層樓與三層樓中間的時候，他再次聽到柯少雪房間裡傳出的鋼琴聲。她指下流出的旋律還跟以前一樣動人，但卻把徐沫影的心緒撩撥得越發煩亂。他越聽越覺得自己割捨不下柯少雪，沒答應還好，既然已經答應了愛她，再反過來拋棄她，這比挖掉他的心還難受。

聽了一陣兒，他便掉過頭又下了樓，走出樓門，他忽然想到柳微雲。這個聰慧的跟他毫無感情糾葛的女孩，現在成了他唯一的心靈依靠，他急匆匆地爬上樓，來到柳微雲的房門前。

門只敲了一下便應聲而開。柳微雲一襲長裙亭亭玉立地出現在眼前，輕輕地對他說了聲：「進來吧！」

徐沫影點頭進門，奇怪地問道：「妳知道我要來？」

柳微雲淡淡地說道：「你這時候除了找我還能找誰？」

徐沫影往客廳沙發上一坐，苦笑著說道：「妳說得很對，但不全對，我可能比你所知的還慘。」

柳微雲雪似的目光在他臉上輕輕掠過，小心翼翼地問道：「跟碧凝有關？」

「是啊，」徐沫影不得不佩服柳微雲的敏銳心思，「我突然發現，我在車禍中死去的女朋友竟然還活著，但她卻已經不認識我。妳說，我是不是很慘？」

柳微雲略帶驚訝地問道：「碧凝就是妳以前的女朋友？」

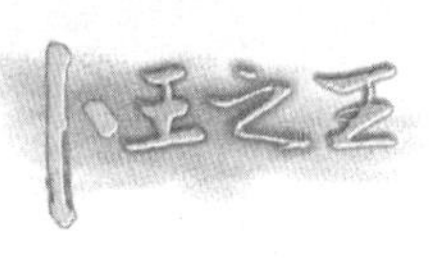

徐沫影點了點頭：「對，她叫淺月，蘇淺月。」

「你能斷確定嗎？」

徐沫影看著柳微雲清澈雪亮的眼睛，不禁猶豫了一下，終於搖了搖頭：「不能十分肯定，但是可能性很大。」

「我建議你去查一查，確認了才好，不然只是白白地增加煩惱。」

「對，我是要仔細查一下她的來歷。還有，我覺得她的師父很可疑，昨晚我算碧凝的住處，卻被牽引到一棟廢棄的樓房裡面去了。我爬到最高層，在房間裡看到一個女人，一個妖豔絕倫的女人，似乎穿著一身白裙子。房間裡沒有燈，我只撿到了一個手電筒，所以什麼都沒看清楚。我當時很累，又被一個殺人幻象嚇了一跳，就昏過去了。我覺得這件事，只可能跟碧凝的師父有關。」

柳微雲臉色凝然，不知道在思索什麼，半晌，突然問道：「你看到的那個女人，她是不是很喜歡彈六弦琴？」

徐沫影眼睛一亮，連連點頭：「對對！那樓裡不住人，我當時在黑暗中聽到兩聲琴響，應該就是她彈奏的沒錯！妳知道她是誰？」

柳微雲搖了搖頭，臉上竟也現出一片迷惘的神色：「我也見過她。」

「在哪裡？」

「阜成門附近。一次我從那裡經過，聽到她的琴聲，那琴聲很古怪，我忍不住停下來尋找彈琴的人，就看見她坐在社區欄杆裡面彈奏。彈奏的時候，她眼睛從來不看琴弦，只是冷冰冰地看著過路的人。那種神情我怎麼也忘不了。」

「這麼說，她一定是住在那個社區裡，只是搞不懂她跟碧凝到底是什麼關係。她實在太年輕了，不像是她的師父。」

柳微雲點頭表示贊同，而後淡淡地問道：「你見過碧凝了嗎？」

「見過了。」徐沫影嘆了一口氣，「她看了報紙報導，把我當花花公子了，我怎麼解釋她都不聽。」

柳微雲淡淡地看了一眼，在他對面坐下來，輕聲說道：「感情的事，總要看緣分的。苦苦追求的未必能得到，淡然處之的卻有可能廝守終身，不如一切隨緣。」

徐沫影聽話裡的意思，似乎是在勸自己放棄，禁不住苦笑道：「如果人人都像妳這樣，一直淡然地面對感情那就好了。很多人，都是無意中牽了一條線卻跌進了一團亂麻，逃不掉，掙不脫。」

柳微雲只是低頭靜靜地坐著，既不答話，也不看他。

徐沫影這時突然想起在羅浮山遇到的那個隱居老人，於是問道：「對了微雲，妳老家是不是在羅浮山啊？」

柳微雲不禁一怔，抬起頭看了看他，答道：「不是。」

「哦。」徐沫影愕然說道，「我在羅浮山遇到一個隱居的老人，也姓柳，好像是學易的

前輩，他說他女兒也在北京，我就忍不住想到了妳。」

「是嗎？真是巧。」柳微雲淡淡地一笑，「那老人一個人住嗎？」

「不是，還有兩個十歲的小孩跟他一起住，說是他的孫子。」

柳微雲再次低下了頭，不再說話。

徐沫影一時間也找不到話題，於是也只是安靜地看著她。兩個人就這樣相對而坐，沉默著，傾聽著窗外大街上過往車輛發出的各種聲響，傾聽著城市的聲音。

過了一會兒，徐沫影覺得這樣乾坐著實在太悶，便站起身，向柳微雲提議道：「我看不如這樣，我們還是去辦公室工作吧，藍靈不在，我們也不能閒著。我有好長一段時間沒給人算命了。」

柳微雲表示同意。兩個人出了門，坐公車到了公司。柳微雲跟徐沫影不是一個辦公室，但藍靈不在，徐沫影執意要求合併辦公室，柳微雲也沒多說什麼，就把自己的東西搬到了徐沫影的辦公室，坐在藍靈的位置上。

來了客人，兩個人輪流接待。徐沫影發現，柳微雲的卦技確實很高，雖然比不過自己，但如果去了萬易節也能坐上乙等席的位子，或許，這跟看過《卜易天書》有關吧。

一整天，兩個人都是義務諮詢，並不收費，中午回家一起動手做了一頓飯，吃完又回辦公室繼續工作，遇到一些命理上的難題則互相討論。跟柳微雲在一起，徐沫影覺得自己格外輕鬆，柳微雲雖然話並沒有比平時多多少，卻也不再是一副冷淡的樣子。

第二十一章　雪舞翩躚

夕陽西下，一天的工作終於結束。徐沫影跟柳微雲一起走在回家的路上，街道兩旁都是高高的白楊樹，一陣晚風吹過，樹葉子嘩啦啦在頭上響動。暮色漸漸自兩人肩上落下，路燈點亮了城市的夜晚，也把行人的影子慢慢拉長。

沉默中，徐沫影忽然開口說道：「微雲，我想到了。」

柳微雲不曉得他為什麼突然說這個，微感詫異地問道：「想到什麼？」

「我想用自己當作餌，把詛咒的魚釣出來。」他看了看柳微雲，路燈的光線暗淡，看不清柳微雲的表情，「爺爺在筆記上提到，算準五千人的命運就會招致詛咒，我想多算算，試試能不能把詛咒的魔爪引出來。」

柳微雲顯得十分擔心地說道：「那樣不是要把自己暴露在危險之下？隨時都會把命賠上的。」

徐沫影淡淡地笑道：「現在就已經很危險了。我的味覺徹底失去了，能阻礙別人算出我行蹤的牌子又莫名其妙地丟了，危險的氣味已經非常濃厚了。」

「我一直懷疑感覺的消失算不算是詛咒的一步，或許這真的是天意，畢竟，占卜是第六種感知手段。大自然是公平的，廢掉你的一感只是為了保持這種公平。」

「我也有這種想法。但是我的八卦牌丟了，這說明有人在暗中窺伺著我，想要時刻掌握我的行蹤。我剛剛在想，假如我是所謂詛咒的實施者，那我一定也要先掌握別人的蹤跡，然後用化氣化出的怪獸把對方殺死。」

徐沫影的想法並非毫無根據。當他開放靈覺的時候，他可以窺探方圓幾百公尺範圍內的一切，他相信一定有人可以把靈覺的感知範圍擴展得更為深遠，就像衛星雷達一樣覆蓋住極大的一片區域。這樣一來，從萬千人中間選出標的物就變成非常容易的一件事。

至於怪獸，見識過長松山古墓中那激烈的一戰之後，沒有人再懷疑這種東西的存在。甚至，柳微雲的火靈鳥、屍靈子送給徐沫影的貓，也都算是怪獸，因為只有怪獸才有奇異的能力，只有怪獸才能跟怪獸戰鬥。

問題在於，究竟是什麼人、出於什麼目的要實施這種詛咒手段，使得占卜界人心惶惶？

徐沫影才一思索，柳微雲的問題便到了：「你覺得什麼人有這個能力？」

「我想，碧凝的師父應該就能做到。不過……」徐沫影緊皺著眉頭，抬起頭看了看柳微雲，「我忽然想起屍靈子曾說過的一句話。」

柳微雲略一思索，便開口問道：「你是指，他在長松山撕毀《卜易天書》時說的那句話？」

柳微雲當時也在場，那時夜色寧靜，她聽得一清二楚。屍靈子把書撕毀之後，將碎紙屑拋在地上，說「我可以用這本書殺了不少人啊」。

徐沫影點了點頭：「這句話到底什麼意思，我猜有兩個。一個是說人都是他殺的，與那本書有關；另一個意思是說，人是他的傳人殺的，而他的傳人用來殺人的手段都出自於那本書。」

柳微雲淡淡地說道：「我看過書，那書沒有問題。」

「那照他話裡的意思，問題一定出在他的傳人身上！」

話音剛落，狂風乍起，柳微雲的長裙在風中飛揚飄擺，街上揚起的塵土霎時間便吹得行人滿頭滿臉，白楊樹的葉子不斷地被風捲落下來，旋轉著打在兩人的臉上。

徐沫影伸手拿下落在自己頭上的一片樹葉，仰起臉看了看天。天色陰沉，烏雲如墨，正預示著暴雨即將來臨。

這真是個多雨的夏天。

兩人加緊向前趕路，徐沫影繼續問道：「微雲妳能不能告訴我，妳師父到底是什麼人？他應該是屍靈子的傳人之一吧？」

「他不會殺人的。」柳微雲側頭看了他一眼，其時，風吹亂了她的頭髮，幾縷髮絲遮住了她的臉頰，竟在她清麗脫俗的臉上勾勒出幾分誘惑。

「不要這樣早就下結論。人心難測！」

兩個人不再說話，只顧向前趕路。走到社區門口的時候，豆大的雨點終於在狂風中抖落。徐沫影一把抓住柳微雲的手，向大樓門口快步跑去。

柳微雲怔了怔，便任由他拉著自己，一路穿過狂風急雨，跑進大樓裡。

那一刻，徐沫影轉身望向柳微雲，目光不禁為之一滯。剛才想事情想得迷糊，竟把柳微雲看做了藍靈，習慣性地拉著她的手在雨中飛奔。

原來有些記憶終究是抹不掉的，有些人在你生命中的痕跡永遠都那麼清晰。

一想到藍靈，徐沫影不禁心下黯然，滿頭紛亂的思緒馬上進行了一次三百六十度的大迴旋，他想到柯少雪，想到碧凝，想到被自己逃避了一整天的愛情。

該回去了。徐沫影嘆息了一聲，對柳微雲說道：「妳自己上樓吧，我回家去了。」

說完，他不敢再看柳微雲，一轉身一低頭，飛快地沒入了雨中。

走進家門的時候，徐沫影已經衣衫半濕。一隻乳黃色的小狗迎面跑過來，在自己濕漉漉的腳邊舔來舔去，他這才想起柯少雪那隻可憐的狗還在自己家裡。牠已經被自己成功復活了，模樣也發生了改變，原本的小蝴蝶犬竟變成了邊境牧羊犬的樣子，眼睛烏溜溜放光，十分漂亮。

這也是一個五行純靈，是徐沫影第一次嘗試使用化氣的傑作，當然，牠同樣是一隻怪物，擁有不為人知的本領。

這隻狗已經餓了一整天。徐沫影趕緊去廚房找了半塊饅頭扔給牠，看著牠趴在地上大啃大嚼，他情不自禁地笑了。他轉身回臥室換衣服準備洗澡，這個時候，忽然響起一陣有節奏的敲門聲，緊跟著，是一個女孩甜美的聲音：「嬸嬸，嬸嬸！」

徐沫影立刻猜到，是柯少雪來找她的狗了。因為他對她說過，狗復活後會迷路，有可能會去鄰居家裡。

實際上，在他躲出去這一整天的時間裡，他的門已經被柯少雪敲打了不下一千次。徐沫影迅速地換了件襯衫奔回客廳。在開門之前，他先伸手把電燈關滅了。

借著黑暗的掩飾，徐沫影輕輕地打開房門，卻見柯少雪穿一身雪白的長裙側身站在門前，像一朵素淨的水仙花，濃密的黑髮披落在肩上，襯得雪玉晶瑩的皮膚光潔耀眼。臉上帶著淡淡的羞澀，一雙眸子像秋天裡溫潤的湖水，湖面上都是波瀾不驚的溫柔。

多少人為之瘋狂的女孩就這樣楚楚生姿地站在自己面前，而她，還是自己的戀人。徐沫影一想到這裡，心裡突然便產生了一股異樣的情愫，真想一直這樣靜靜地看著她，看她像一朵花在自己的生命中無聲地綻放著春天。

人生如此美妙。有些花一直在為你開放著，只等你嗅到它的芬芳，只等你走進它的視野，只等你伸手採擷。她有時嬌媚，有時明麗，有時淡雅，有時素潔。她千種風情、萬般姿態，開在村前舍後，開在柳暗花明，開在山窮水盡處，等著你，盼著你，她卻不知道自己等的盼的就是你。

此時，走道裡的燈光照進門裡，讓徐沫影沒有時間多看多想，他趕緊把自己的身體藏在門後黑暗處。

柯少雪正要轉身回屋，發現門竟忽然打開，驚喜立時飛上了眉梢。她向前走了一步，探

頭問了一聲：「嬸嬸，我家的狗狗在您這裡嗎？」

「嬸嬸」是個啞巴。他躲在門後一聲不吭，只盼著那隻小狗少留戀一會兒那硬邦邦的白麵饅頭，自己走出來應對牠的主人。但那小東西似乎在廚房裡吃得正酣，就是不肯出來。

柯少雪緩緩地邁進門來，向裡面走了兩步，疑惑地問道：「這麼黑，怎麼不開燈呢嬸嬸？」說著，她伸手去摸牆上的電燈開關，徐沫影趕緊閃過去將開關擋在身後，一面擺手一面學啞巴「啊啊」地叫了兩聲。

「電燈壞了是嗎？」柯少雪問道，「為什麼不早說呢？我家裡有備用的燈泡，我拿過來給您換。」

說完，柯少雪轉身又出了門。徐沫影有心想攔住她，卻又想看看她怎麼給「嬸嬸」換燈泡，於是站在那裡沒動。

大概過了半分鐘，柯少雪便再走進門來，一手拿著一隻小手電筒，一手拿著一個燈泡。還好她並沒到處亂照，一進門便照向大廳屋頂的電燈。然後便四下尋找可以踩上去的凳子，一面跟「嬸嬸」聊天：

「嬸嬸，您一個人住，我也一個人住，我們應該要互相照應才對啊。以後有什麼事，您就去敲我的門。前陣子我忙，忙著練琴練歌、參加比賽，以後沒什麼事了，我就過來陪著您。」

聽著她的話，徐沫影心裡的熱潮又不期然地湧了上來。他向她走了兩步，聞到她身上散發出的陣陣馨香，禁不住有些迷醉。

柯少雪搬過凳子，放在大廳的中央，然後小心翼翼地登上去，準備伸手去擰屋頂的燈泡。但她伸直了手臂卻發現仍然差一點才能摸到電燈，於是她又用力踮了踮腳尖。

黑暗中，徐沫影看不清她腳下的動作，只看到她在手指觸摸到燈泡的那一刻，手臂突然晃了兩晃，身體似乎不受控制地往地面上跌落下來。徐沫影不禁一驚，條件反射地張開雙臂，一把將柯少雪攔腰抱在懷裡。

黑暗中，隨著柯少雪的一聲驚叫，凳子翻倒在地上，發出「嘩啦」一聲輕響。在跌落的瞬間，大概她怎麼也想不到會有一雙有力的臂膀接住了自己。於是驚嚇之後便是羞赧和吃驚，小手一揚，那早該照上來的手電筒光柱終於不偏不斜地籠罩了徐沫影的頭臉。

光線刺眼。徐沫影趕緊側過臉擺了擺手，柔聲說道：「別照了，是我。」

對於柯少雪來說，幸福就在這毫無防備的瞬間從天而降，由小小的驚嚇轉為大大的驚喜，這種劇烈的轉變讓柯少雪柔弱的心禁不住發出一陣痛快的戰慄。她丟下手電便一頭鑽進了徐沫影的懷裡。

戀愛後的第一次正式見面，談不上浪漫也說不上尷尬，隨著手電筒落地的聲音沉入徹底的黑暗。

柔軟的手臂套牢了徐沫影的脖子，就像想要套牢他的愛情。黑暗的世界總是瀰漫著曖昧的氣息，將年輕的戀人團團圍住。佳人在懷，觸感柔滑，徐沫影在一片溫柔的馨香中意亂情

迷，他終於緩緩地低下頭去，尋找柯少雪潤濕的雙唇。

柯少雪欲拒還迎，欲迎還羞，生澀地回應著他。儘管是黑暗的夜，儘管是清靜的家，但她的羞澀仍然不堪這樣甜蜜而熱烈的愛撫，終於挪開雙唇。

此刻，徐沫影心裡只有她，臉上只有笑。他輕輕地抱著她走到門邊，騰出一隻手按下了電燈開關。明亮的燈光立刻佔據了整間屋子，柯少雪摟得更緊、藏得深，柔軟飄逸的長髮中間怯怯地露出一角紅雲。

徐沫影抱著她走出客廳，進了自己的臥室，彎腰把她放在床上。哪知柯少雪卻依然不肯放手，徐沫影無奈地一笑，抽出一隻手輕輕地拍了拍她的後背，柔聲說道：「喂，該放手啦！再不放手，仔仔可要跑了！」

柯少雪這才把手放開，滿面通紅地抬起頭來，急切地向他問道：「仔仔在哪裡？牠真的活了？」

徐沫影微笑著點了點頭：「嗯，活了，牠就在廚房裡。」

柯少雪驚喜地問道：「是你把牠救活的？」

「嗯。」

「我想起來了，昨天那個送花的男人就是你！你走了以後，我越想越覺得那人眼熟，總覺得很像你。」柯少雪坐在床邊，又羞澀地低下頭，「我是不是很笨？竟然沒認出你來。」

徐沫影看著眼前羞澀而豔麗的柯少雪，禁不住低頭在她額上輕輕地印下一吻：「笨笨的我才喜歡。」

柯少雪害羞，把頭埋得更低，半晌才喃喃地問道：「你怎麼回來了也不說一聲？還住在我對面。我還以為那個啞嬸嬸一直住在這裡呢！」

「我這不是已經現出原形了嗎？」徐沫影也在床邊上坐下來，伸手輕輕地摟住她，嘆了一口氣，說道，「比賽的時候真讓妳受委屈了。」

柯少雪抬起頭來看著他，甜甜地一笑，說道：「你說的是那束花嗎？能在舞臺上收到，我很開心。」

「開心？」

「對，很浪漫，很浪漫。」柯少雪認真地說道，「就是有點太出乎意料了，我一點防備都沒有。」

「呵呵，那今天呢？妳防備我了嗎？」

「沒有。你總是這樣，要不是我心臟很健康，現在你可能在送我去醫院的路上呢！」

徐沫影輕輕地把她摟在懷裡，愛憐地撫摸著她的長髮。窗外，暴雨在夏夜裡狂野地肆虐，沖刷著這座古老的城市，而窗內只有蕩漾的溫情，浸潤著兩個年輕人的心。

徐沫影很想忘掉所有的煩惱，就一直這樣，擁著心愛的柯少雪坐到天荒地老。可是，煩惱終究還是找上門來。外面，敲門聲突然再次響起：

「砰砰砰！砰砰砰！」